RAGE DE FLIC

DU MÊME AUTEUR

De l'autre côté du bistouri, roman, Belfond, 1981.

L'Antirégime, ou Lettre à mes frères Trosgros, essai, Orban, 1982.

La Santé et le Vêtement, essai, Pierre Marcel Favre, Lausanne, 1983.

Le Guide de la santé en vacances, essai, Orban, 1984.

Le Malingot, roman, Belfond, 1985. « Prix Littré » décerné par le Groupement des écrivains médecins.

Les Princes du sang, roman, Fayard, 1992.

Docteur Hellen, roman, Fayard, 1994.

GILBERT SCHLOGEL

RAGE DE FLIC

FAYARD

Le Prix du Quai des Orfèvres est décerné chaque année sur manuscrit anonyme, par un jury présidé par M. le Directeur de la Police judiciaire de la Préfecture de police, 36, quai des Orfèvres. Il est proclamé par M. le Préfet de police.

Novembre 1995.

I

Quand l'inspecteur principal Sylvio Dotti sortit de chez lui ce matin-là, il était de fort méchante humeur. S'il n'avait pas été appelé d'urgence chez le patron, il serait bien resté au lit tant il se sentait mal fichu. Un début de grippe minait son moral. Il s'était réveillé avec un mal de crâne lancinant et la gorge douloureuse. Conséquence de la précédente nuit de traque sous la pluie sans doute !

Il s'arrêta une seconde devant la porte de l'immeuble : il faisait froid et humide. « La ville de Marseille n'est pas faite pour le mauvais temps », pensa-t-il avec amertume.

Négligeant le tunnel, son itinéraire matinal le mettait habituellement en joie. La route du bord de mer, entre la Pointe Rouge et la Corniche, est un vrai régal pour les yeux. Mais la grisaille de cet automne pluvieux salissait le sable des plages. Il eut un regard méprisant pour la copie du David de Michel-Ange qui orne le carrefour du Prado. Dans une ville qui a donné naissance à Pierre Puget, un des plus grands sculpteurs du XVIIe siècle, comment avait-on pu mettre là une aussi grossière reproduction du maître de Florence ?

Après les habituels embouteillages du Vieux Port, il gara enfin sa voiture et, la tête rentrée dans les épaules, pénétra dans le bâtiment de la préfecture marqué « Police nationale ». Il répondit à peine au salut du gardien derrière sa vitre et grimpa quatre à quatre les escaliers de fer encombrés d'échafaudages. « Quand donc en auront-ils fini ? » maugréa-t-il en évitant de se frotter à un sac de plâtre grand ouvert et posé dangereusement en équilibre sur une marche. Il passa devant le bureau des inspecteurs sans leur jeter le moindre regard et en grommelant un « bonjour » enroué. Il claqua la porte de son bureau. C'était une pièce minuscule, d'une propreté douteuse, mal éclairée par une fenêtre que la pluie obscurcissait. Quand les travaux seraient terminés, il bénéficierait d'un local moderne et fonctionnel, mais on n'en était pas là ! Chaque corps de métier prenait du retard et en rejetait la responsabilité sur les autres. Lassé, l'inspecteur principal Dotti avait renoncé à se plaindre.

Il se laissait tomber sur son fauteuil, sans même enlever sa grosse veste chaudement doublée, quand le téléphone sonna. La standardiste le prévenait que le patron avait demandé à le voir dès son arrivée.

– Je sais, grogna-t-il. On m'a déjà appelé chez moi ! Il y a le feu, ou quoi ?

Il frissonna. A regret, il se leva et grimpa à l'étage supérieur.

Le commissaire principal Caillol était un bel homme d'une quarantaine d'années, jovial et sûr de lui. Il devait sa jolie réussite à des qualités professionnelles indéniables et à un entregent que ses collègues lui enviaient. Il souriait volontiers et dissimulait derrière une façade parfaitement affable une autorité que personne n'osait discuter.

Sylvio se sentait à l'aise avec lui, car il le connaissait depuis longtemps et appréciait sa solide expérience, ses excellents conseils. Pourtant, il avait toujours un peu honte de son air de chien efflanqué comparé à l'allure bourgeoise de son supérieur. L'inspecteur avait trente-cinq ans. Il était long et maigre avec des cheveux noirs et drus qui lui retombaient sur le front. Son nez busqué, ses pommettes saillantes, ses yeux vifs enfoncés dans des orbites profondes trahissaient ses origines transalpines. L'ensemble aurait pu être sinistre si l'éclat bleu du regard n'avait ajouté au visage une note piémontaise souvent joyeuse. Peu soucieux de la mode, il s'habillait toujours d'un jean et d'un polo noirs sous son éternelle veste « reporter » en toile imperméabilisée, dont les multiples poches contenaient tout son attirail professionnel : la radio, les menottes, une lampe électrique, des carnets...

Caillol était un blond aux tempes à peine dégarnies et aux yeux noisette. Sa haute silhouette élégante témoignait d'un entraînement sportif sérieux et, dans son club de tennis, il fréquentait la meilleure société phocéenne. Il tendit à Sylvio une photocopie.

– C'est une lettre anonyme accusant un médecin d'avoir assassiné sa femme. Elle vient de m'être transmise par le procureur, pour une enquête préliminaire.

Il s'exprimait avec cette pointe d'accent marseillais distingué qui apporte une discrète note ensoleillée au discours des gens bien élevés. Mais chacun savait qu'à l'occasion, il pouvait se laisser aller à des colères dont le vocabulaire n'aurait pas été renié par les marchandes de poissons du Vieux Port.

Sylvio fit la moue.

– Une lettre anonyme de plus ou de moins...

Il prit la feuille de papier d'un air dégoûté. Le texte avait été réalisé avec des caractères découpés dans un journal, dans la plus pure tradition des corbeaux de tous les temps.

– Pourquoi ce torchon atterrit-il chez nous ? D'habitude, ce genre d'enquête n'est pas de notre compétence...

– Oui, je sais bien, mais il s'agit là d'un cas particulier : je connais personnellement ce docteur Dupuech depuis des années. Il soigne ma mère qui habite à côté de chez lui. Elle m'a confirmé, au téléphone, que la femme de ce médecin est morte hier... En votre absence, j'ai demandé à Meunier d'aller y faire un tour. Par principe, on ne peut pas négliger une telle accusation. Mais je n'y crois pas. En revanche, j'aimerais bien savoir qui a écrit cette lettre et pourquoi.

Sylvio, qui avait de plus en plus de mal à respirer, hocha la tête et se leva.

– Je m'en occupe.

– Vous me téléphonez dès que vous en savez un peu plus.

Au moment où il sortait, Caillol ajouta :

– J'ai un très bon médicament contre la grippe. Je peux vous en donner si vous voulez, il m'en reste...

Sylvio fit celui qui n'entendait pas et redescendit vers son bureau. Qu'avait-il besoin de conseils ? Il savait se soigner tout seul. En chemin, il passa devant la machine à café et s'offrit un expresso pour avaler un comprimé d'aspirine.

Antoine Meunier, le jeune policier qui le secondait habituellement, vint le rejoindre. C'était un garçon jovial et athlétique, vêtu d'un jean et d'un blouson de cuir patiné, du style « aviateur ». Le même, quel que soit le temps. Ses cheveux blonds bouclés lui donnaient un air angélique, mais il était vif et dégourdi, sachant être teigneux à l'occasion. Normalement affecté à la circulation, il avait obtenu d'être détaché dans les équipes de l'inspecteur principal Dotti grâce à ses excellentes notes et à sa ceinture noire de judo. Les jeunes gardiens apprécient les brigades anti-criminalité. Ils y travaillent en civil, et le public les assimile à des inspecteurs.

– Salut, Sylvio ! Le patron t'a parlé de la lettre anonyme ?

– Oui ! Je sors de son bureau. Tu es allé voir sur place ?

– J'en reviens. C'est tout près d'ici. Je me suis borné à interroger la tenancière du bistrot d'en face, en prenant un café.

Il expliqua que le médecin était bien connu dans le quartier où il exerçait depuis plus de vingt ans. Sympathique, compétent et apprécié de tous, il avait une femme malade de longue date. Il s'en occupait lui-même, avec secrétaire, infirmière, masseur, etc. Pas d'enfants. Elle était morte subitement la veille, mais tout le monde s'y attendait. Ce décès n'avait rien d'étonnant.

– J'ai le nom et l'adresse des gens qui travaillent chez lui. Qu'est-ce qu'on fait ?

L'inspecteur principal hésita.

– Moi, je hais les médecins, bougonna-t-il.

– Pourtant tu ferais bien d'en consulter un. De nos jours, les trucs efficaces contre la grippe ne manquent pas.

– Justement ! Je vais avoir droit à une tonne de drogues hors de prix. Alors qu'il n'y a que ça de vrai :

Il lui montra un tube d'aspirine « Usines du Rhône » qui avait dû faire la guerre de 14. Après avoir bu une gorgée de café brûlant, il grogna :

– Pour faire plaisir au patron, on va pousser un peu l'enquête. Tu vérifies d'abord que la lettre anonyme a bien été envoyée au labo. Qu'ils se grouillent et qu'ils nous faxent le résultat. Ensuite, on ira interroger la secrétaire, le masseur et l'infirmière. Si on a le temps, on finira chez le toubib. Je vais jeter un coup d'œil à l'organisation du boulot pour tout notre petit monde, et on se retrouve à la voiture. A tout de suite.

Antoine ne bougeait pas.

– J'aurais cru que cette enquête serait plutôt du ressort de la P.J. ? remarqua-t-il, comme s'il n'avait guère envie d'obéir.

Sylvio le rassura.

– Tu vois, Antoine, c'est ce qu'on appelle une « enquête privilégiée »... Pour des raisons d'exception, on va faire un travail inhabituel. Ça nous changera !

– Une enquête privilégiée qui va nous mener où ?

– Ne t'en fais pas, elle ne nous mènera pas loin. Il se trouve que le patron connaît le Dupuech en question, et il pense que cette lettre, c'est du bidon. Nos recherches ne déboucheront sans doute sur rien. Juste la routine pour le tranquilliser. On en aura vite fini.

II

L'infirmière habitait le rez-de-chaussée d'un immeuble coquet au fond d'une impasse. Sylvio sonna. Elle vint ouvrir elle-même.

– Madame Volnay? Inspecteur principal Dotti et mon collègue Antoine Meunier. Pourrions-nous vous parler un instant?

La jeune femme était ravissante. Menue mais bien proportionnée, avec des cheveux blonds coupés court et des lunettes rondes devant d'immenses yeux bruns. Elle portait une jupe de cuir moulante sur un chemisier largement décolleté. Ses talons aiguilles claquaient sur le carrelage.

Sylvio la considéra avec un évident plaisir :

– On ne vous dérange pas, au moins?

– Pas du tout, je vous en prie, asseyez-vous.

La salle de séjour était confortable, largement ouverte sur un coin cuisine servant sans doute de salle à manger. Une porte entrouverte donnait sur une chambre à coucher toute blanche.

Ils s'installèrent autour d'une table basse et Sylvio prit son ton le plus aimable pour lui poser ses premières questions.

Souriante, elle répondit volontiers.

Elle avait trente ans. Veuve depuis quelques années, elle exerçait en libéral. Elle avait connu le docteur quand il était son professeur à l'école de la Croix-Rouge, et l'admirait. Elle confirma les informations concernant la maladie de Mme Dupuech, dont elle s'occupait depuis un an. Ce décès ne l'avait pas étonnée.

– Nous savions bien que l'issue était imminente... Elle s'affaiblissait chaque jour davantage... Elle souffrait beaucoup... Pour elle, c'est sûrement une délivrance.

Antoine essaya de jouer à l'enquêteur machiavélique.

– Les mauvaises langues prétendent que le docteur aurait un peu hâté cette fin... Qu'en pensez-vous ?

La réponse de l'infirmière cingla :

– Quelle stupidité ! Elle était couchée depuis plus de six mois. Pourquoi aurait-il précipité sa fin ? Le docteur Dupuech n'a jamais été un partisan de l'euthanasie, vous savez ! Ce n'est pas son genre !

Elle souligna cette affirmation par un large sourire qui découvrit des dents éclatantes.

Un peu ému, Antoine regarda Sylvio. Allait-il pousser l'interrogatoire plus avant ? L'inspecteur principal se leva et remercia la jeune femme pour l'amabilité de son accueil.

– Charmante, conclut-il quand ils furent dans la rue. Si elle dit la vérité, l'enquête va être vite terminée !

Ils reprirent la voiture pour aller faire la connaissance du masseur. Cette fois, il fallait remonter dans les quartiers nord. L'adresse correspondait à une petite rue située au fond d'un enchevêtrement d'immeubles sinistres. La pluie, revenue après une accalmie, redoublant de pugnacité, avait vidé les rues de la faune qui y stagne habituellement, et quelques silhouettes furtives se hâtaient sous des imperméables de fortune.

Antoine avait pris le volant. Il immobilisa la voiture à moitié sur le trottoir, et tous deux s'avancèrent jusqu'à une boutique discrète ouverte dans un immense mur de brique aux couleurs délavées par le temps. Une enseigne était peinte sur la porte :

Felix Ménékian
Kinésithérapeute diplômé
Massages, électrothérapie, balnéothérapie.

Ils poussèrent la porte vitrée qui déclencha un carillon enroué et pénétrèrent dans un petit bureau d'accueil vide. La peinture jaunâtre s'écaillait par endroits. Au mur, une affiche de voyage aux couleurs passées vantait les mérites du Maroc. Deux petites chaises, rangées dans un coin, semblaient avoir beaucoup vécu.

Un rideau plastifié à fleurs se souleva, laissant passer un homme dans la cinquantaine qui portait une blouse blanche à manches courtes. Ses avant-bras épais étaient en harmonie avec son visage plat au nez cassé. Cette allure d'ancien boxeur était accentuée par des oreilles en chou-fleur, de gros yeux globuleux à fleur de tête et des petits cheveux ramenés sur le front.

– Ouais ?

Le ton n'était pas plus aimable que l'apparence.

Sylvio se présenta et exposa le motif de leur visite. Le masseur se radoucit. Il répondit d'une voix éraillée :

– Avec Irène Dupuech, on se connaissait

depuis plus de vingt ans. Pour moi, c'était une amie, plus qu'une cliente.

– Quel était son état de santé ?

– Elle avait un cancer, mais d'évolution lente.

Il décrivit une patiente, certes en mauvais état, mais pas à l'article de la mort. Il s'étonna de cette disparition imprévue.

Il avait l'accent chantant des habitués du Vieux Port, teinté d'une solide vulgarité. Après une seconde d'hésitation, il prit un air dégoûté :

– Une mort subite, comme ça... On peut se demander si quelqu'un n'aurait pas... comme un peu... « accéléré » les choses...

– Vous pensez à qui ? A son mari ?

Sa grimace valait bien une réponse.

– Vous avez des arguments précis pour porter une telle accusation ?

Il prit un air blasé.

– Ce que j'en dis... J'accuse personne ! Seulement, tout le monde a le droit de se poser des questions.

Il se pencha en avant.

– Et puis, je peux vous le dire : moi, j'en ai rien à cirer. La pauvre, de toute façon, elle en avait plus pour longtemps, peuchère. Alors un peu plus tôt, un peu plus tard...

Un geste de la main par-dessus son épaule confirma qu'il se sentait peu concerné. Derrière lui, le rideau s'écarta, et une jeune femme blonde platinée, très maquillée, vêtue d'un ciré violet, passa en s'excusant.

– Ciao, Félix... excusez, messieurs !

Tournant gracieusement autour de l'inspecteur Dotti sans le quitter des yeux, elle sortit, laissant derrière elle des effluves parfumés. Antoine la suivit du regard à travers la vitre sale.

Sylvio tira de sa poche la lettre anonyme. Il la déplia et la tendit au masseur.

– Qu'en pensez-vous ?

Le masseur prit ses lunettes pour lire le collage et se mit à rire.

– Vous voyez que je ne suis pas le seul à être de cet avis. Trouvez celui qui a écrit ça, et vous en saurez plus...

Derrière eux, la porte s'ouvrit et une personne du même style que la précédente entra dans l'officine. Elle portait une veste de fourrure synthétique claire sur des cuissardes de vinyl blanc. Entre les deux on aurait dit qu'il n'y avait rien... Félix s'écarta en répondant distraitement aux civilités de sa cliente qui disparut derrière le rideau. Pour les policiers, il continua :

– Cette mort est louche. C'est sûr, mais c'est pas mon affaire. Chacun chez soi. Excusez-moi, j'ai du travail.

Intrigué, Antoine risqua une question :

– Ces... dames sont des clientes ?

Félix le considéra comme s'il venait de prononcer une incongruité.

– Elles sont danseuses dans une boîte près d'ici. Elles viennent se prendre un sauna et un massage avant les répétitions. Vous avez quelque chose contre ?

Sur l'œil globuleux, la paupière s'était alourdie et la voix enrichie d'une nuance menaçante. Antoine protesta de la pureté de ses pensées et sortit de l'établissement, suivi de Sylvio, un sourire amusé accroché aux joues. Ils croisèrent un homme d'une quarantaine d'années qui y entrait. Ils se saluèrent poliment.

L'inspecteur principal Dotti remonta en voiture et s'assit, tandis qu'Antoine prenait le volant.

– Drôle d'officine, murmura-t-il. J'aurais volontiers poussé la visite plus loin..

– Malheureusement, nous n'avons pas grand-chose à lui reprocher, à ce type...

– A mon avis, nous aurons à y revenir. Maintenant, allons voir à quoi ressemble la secrétaire...

La voiture s'extirpa difficilement de ce quartier encombré et sinistre. Les essuie-glaces peinaient pour débarrasser le pare-brise des trombes d'eau qui l'inondaient. En route, Antoine resta silencieux. Il se demandait si cet énigmatique personnage n'était pas l'auteur de la lettre. Il en aurait bien été capable. Mais pourquoi l'aurait-il fait ? Peut-être n'aimait-il pas les médecins non plus. Comme Sylvio !

Alice Massilio habitait un appartement austère à proximité de la préfecture, au cinquième étage d'un immeuble moderne. Petite et maigre, elle portait un chignon serré, sur un visage encore jeune. Ses lunettes de fer accentuaient son allure d'institutrice de campagne et sa stricte robe noire ne l'égayait guère. Elle fit entrer les inspecteurs dans une pièce sombre au mobilier désuet et leur offrit de s'asseoir devant une table de salle à manger Henri II brillante comme un miroir.

– Que voulez-vous savoir ?

Le ton était sec et la voix cassante. Attachée au cabinet du docteur Dupuech depuis son installation, il y a vingt ans, elle semblait en savoir plus qu'elle ne voulait bien le dire. Mais son accueil n'incitait pas au bavardage. Confrontée à la lettre anonyme, elle haussa les épaules sans autre commentaire. L'entretien ne dura que quelques minutes. Antoine et Sylvio se retrouvèrent dehors avec soulagement.

– Dernière étape, le médecin, grogna l'inspecteur principal dont le rhume reprenait l'offensive.

Ils arrêtèrent la voiture dans la zone piétonne et entrèrent au rez-de-chaussée d'un immeuble cossu de la rue Paradis. L'employée portugaise, qui nettoyait le hall à grande eau, leur cria de regarder où ils mettaient les pieds. Quand Sylvio lui dévoila l'objet de sa visite, elle immobilisa son balai-brosse et prit une mine de circonstance.

– La pauvre Mme Dupuech... Elle était si gentille...

Il profita de son émotion pour tenter de lui poser quelques questions supplémentaires. Avec un accent qui signait une immigration récente, elle répondit qu'elle connaissait guère les Dupuech car elle n'était dans cette place que depuis peu. Epuisée par son effort linguistique, elle se remit à inonder le sol, obligeant l'inspecteur principal à sauter pour ne pas tremper ses chaussures plus qu'elles ne l'étaient déjà.

Antoine s'était avancé jusqu'à l'entrée du

cabinet située au fond de la voûte à quelques mètres d'un petit jardin qui s'étendait à l'arrière du bâtiment. Il y jeta un coup d'œil, découvrit quelques entrées d'appartements et une boutique de pédicure. Il revint sonner à la porte de chêne où une plaque de cuivre était vissée :

Docteur Philibert Dupuech
Ancien interne des hôpitaux
Médecine interne
Attaché de cardiologie à l'hôpital
Sainte-Marguerite
Sur rendez-vous

Le médecin vint ouvrir lui-même. La cinquantaine cossue et discrètement enrobée, il portait un sombre costume trois-pièces. Son visage rond, centré sur un grand nez surmonté d'un large front dégagé par une calvitie élégante, était lisse et rasé de près. Des petits yeux gris, vifs et mobiles sous des sourcils épais, lui donnaient un air attentif que ses patients devaient apprécier.

Quand Sylvio se présenta, le visage du praticien se durcit un bref instant puis afficha un sourire poli.

– Voulez-vous me suivre, dit-il d'une voix lasse, ma secrétaire ne sera là que cet après-midi.

Suivi des deux hommes, il traversa d'un pas lourd un vestibule mal éclairé et ouvrit la porte de son bureau. La pièce était vaste et lumineuse malgré les nuages qui semblaient posés sur le toit des maisons. Deux fauteuils de velours cramoisi faisaient face à une grande table moderne encombrée de dossiers et de revues médicales non ouvertes. Une cloison en vitre dépolie cachait une étroite salle d'examen.

– Asseyez-vous, je vous en prie. Que puis-je pour vous ?

Sylvio dardait sur lui ses yeux bleus devenus minuscules.

– Votre femme est décédée...

– Hier après-midi, oui. Mais je ne vois pas...

Il lui tendit la photocopie de la lettre anonyme.

– Avez-vous une idée de son auteur ?

Le médecin considéra la feuille avec un étonnement presque risible.

– Pas la moindre ! Cette lettre est d'une malveillance affligeante... et stupide. Peut-être un patient mécontent... Il y a des imbéciles partout, vous savez...

Cette réflexion agaça l'inspecteur.

– Oui, je sais ! Mais parmi tous les imbéciles que vous connaissez, vous ne voyez pas qui aurait pu écrire ce... message ?

Le praticien haussa les sourcils en signe d'impuissance. Il raconta que sa femme souffrait depuis plusieurs années d'un cancer du pancréas accompagné d'un diabète sévère. Elle était sous surveillance constante. Il s'en occupait lui-même pendant la nuit, et une infirmière passait une partie de la journée à son chevet quand il était en visite ou en consultation. Sauf le mercredi : le cabinet était fermé, et le personnel avait congé. Ce jour-là, il ne quittait pas la maison, se consacrant à son courrier.

Ce mercredi, par malchance, une urgence l'avait forcé à s'absenter une heure. A son retour sa femme était morte.

– Votre hypothèse ?

– Personne ne sait de quoi meurent les cancéreux. C'est l'évolution normale d'une maladie arrivée à son terme... Elle était sous morphine depuis longtemps déjà...

Il eut encore ce geste d'impuissance résignée. L'inspecteur principal peinait pour travailler malgré sa grippe. Il se moucha bruyamment. Antoine ne disait rien, impressionné par l'ambiance du cabinet où flottait une vague odeur de désinfectant.

– Vous n'avez pas l'air dans votre assiette, inspecteur, constata le docteur Dupuech d'une voix soudain adoucie. C'est la grippe. Elle est terrible cette année. Voulez-vous que je vous fasse une ordonnance ?

Sylvio se leva brutalement, comme si cette idée lui faisait peur.

– Sûrement pas !

Puis il se retourna en bougonnant entre ses dents :

– Je hais les médecins !

– Pardon ? demanda le praticien.

– Rien. Je vous remercie. Je vous tiendrai au courant des suites de l'enquête. Vous êtes là cet après-midi ?

– Non, c'est ma secrétaire. Moi, je vais à la mairie...

– Je vous appellerai demain. Au revoir, docteur.

– Au revoir, messieurs.

Antoine s'inclina poliment et quitta l'appartement à la suite de son supérieur, pris de frissons et d'éternuements à répétition. Relevant son col, Sylvio grimaça en se retrouvant dans la rue où soufflait un vent d'est encore chargé d'humidité. Du moins la pluie avait-elle cessé. Les deux hommes revinrent rapidement vers la voiture. L'inspecteur principal, recroquevillé dans sa grosse veste, paraissait tout rabougri à côté de son adjoint qui marchait à grands pas souples, sa tête blonde ébouriffée par les bourrasques.

– Il est presque une heure, s'exclama-t-il avec joie, à la soupe !

III

Affamé, Antoine ramena la voiture à vive allure. Il parvint à convaincre Sylvio de déjeuner au mess où la plus grande partie du personnel se retrouvait à partir de midi.

Il accepta de mauvaise grâce.

– Je fais un saut à mon bureau, et je redescends. Commence sans moi!

Les responsabilités administratives de l'inspecteur principal lui prenaient du temps et, ce jour-là, il aurait préféré rester au calme plutôt que de se retrouver dans l'ambiance agitée de la cafétéria...

Antoine pénétra dans la vaste salle bruyante en saluant un à un les collègues installés à la longue table et s'approcha du bar où un énorme serveur au visage épanoui passait les plats.

Un moment plus tard, toujours aussi renfrogné et mal en point, l'inspecteur Dotti fit son entrée. Après un salut général morose, il se laissa tomber sur une chaise en face de son adjoint qui dévorait une énorme assiette de blanquette de veau. Il commença par prendre un comprimé d'aspirine avant d'annoncer que le patron avait décidé d'aller jusqu'au bout.

– Autopsie, interrogatoire poussé de tout ce petit monde et perquisitions s'il le faut.

Officier de police judiciaire, l'inspecteur principal Dotti était le seul habilité à entamer une telle procédure.

La bouche pleine, Antoine hocha la tête sans répondre. Sylvio, songeur, tripotait d'une fourchette distraite une salade niçoise pourtant appétissante. En temps ordinaire, déjà, l'alimentation n'était pas son souci principal. Mais, dans son état, c'était encore pire.

– Caillol, ce qu'il voudrait, continua-t-il en soupirant, c'est que nous trouvions qui a envoyé la lettre, et pourquoi on en veut au toubib. Notre boulot, c'est de démontrer que cet homme respectable est au-dessus de tout soupçon. A mon avis, ils ont dû se téléphoner ce matin ! Ma visite n'a pas dû plaire...

Il s'interrompit pour vider son verre d'eau et reprit, l'œil mauvais :

– Moi, ce médecin, je ne le sens pas. Je ne serais pas étonné que la lettre dise vrai...

Antoine, étonné par la vindicte de son collègue, se mit à rire.

– Je vois d'ici la tête du patron...! En tout cas, nos rencontres de ce matin n'apportent guère d'éclaircissements. Une infirmière gironde qui vous donnerait bien l'envie d'être malade. Une secrétaire qui sent le renfermé. Un kiné qui n'a pas l'air content d'avoir perdu une cliente... Tout ça ne nous mène pas loin...

Sylvio, la fourchette dans une main et le Kleenex dans l'autre, se mouchait toutes les cinq minutes en bougonnant. Il finit par décider du programme de l'après-midi, comme à regret.

– Je vais retourner au cabinet médical interroger la secrétaire un peu mieux, puisque le docteur Dupuech ne sera pas là. Je pense que, seul, ce sera plus facile. Pendant ce temps, tu vas vérifier sur le fichier régional s'il y a quelque chose à propos de ce Félix. Je serais bien étonné que nous ne découvrions pas des informations intéressantes. Il faudra aussi faire transporter le corps à l'institut médico-légal et en parler au légiste. Tu t'en occupes?

Antoine hocha la tête sans enthousiasme. Il

avait horreur de ces démarches administratives. Il n'aimait que l'action. S'il avait su que le métier de flic comportait autant de paperasses, il aurait fait un autre boulot, prétendait-il souvent sans y croire...

Alice Massilio, pareille à elle-même, accueillit l'inspecteur principal Dotti sans la moindre aménité. Drapée dans une dignité silencieuse et pincée, elle commença à répondre par monosyllabes. Sylvio, tout sourire, tenta de l'amadouer en lui expliquant que la police n'avait rien contre le docteur Dupuech, mais que cette lettre anonyme était diffamatoire et qu'il fallait en trouver l'auteur pour le punir. Cette clarification eut un effet magique et la secrétaire changea d'attitude comme si elle se sentait soudain libérée. Sylvio n'eut plus qu'à prendre des notes, se bornant à relancer le disque quand le débit faiblissait.

Ils étaient installés dans une petite pièce sans fenêtre attenant au bureau de consultation, avec un accès direct sur le hall d'entrée et le couloir. Cette position stratégique permettait à Mme Massilio de tout surveiller et d'entendre parfaitement ce qui se disait dans le cabinet médical. Une grosse lampe munie d'un abat-jour d'opaline verte donnait à son visage un teint olivâtre et parcheminé du meilleur effet. Ses cheveux gris soigneusement tirés vers un chignon parcimonieux encadraient un visage expressif qui aurait pu être beau. La voix était d'une tonalité changeante, passant du doucereux au grinçant selon le sujet évoqué.

Interrogée d'abord sur le masseur, elle resta encore réticente un moment, puis, comme si elle avait compris qu'il ne servait à rien de dissimuler des faits que la police découvrirait tôt ou tard, elle se laissa aller comme un barrage se rompt.

Il lui fallut revenir loin en arrière : « Madame », comme elle disait en désignant feu l'épouse du docteur Dupuech, avait eu une jeunesse agitée. La mimique qui accompagnait cette révélation en disait long sur ce qu'avait dû être cette agitation. Sylvio ne tarda pas à en connaître les détails.

Irène Dupuech, née Carréga, Iris pour les affiches, avait commencé sa carrière comme danseuse dans les bouges du port.

– On dira d'elle ce qu'on voudra, avouait la

secrétaire, admirative malgré elle, mais c'est vrai qu'elle était belle. Grande, fine, séduisante... Avec son visage triangulaire, ses yeux de chat, et sa tignasse rousse, elle avait fière allure....

Elle fit une moue qui ressemblait à une grimace, et jeta au policier un regard par en dessous avant d'ajouter :

– Je ne dis pas qu'elle était d'une parfaite distinction, loin de là, mais, esthétiquement il n'y a rien à dire. Le docteur pourra vous montrer des photos. Il l'avait découverte un soir de beuverie estudiantine, et elle avait fini la soirée dans ses bras. De ce jour, continua-t-elle avec une nuance de regret dans la voix, il tomba raide amoureux.

– Comment savez-vous tout ça ?

– Autrefois, Madame me parlait volontiers. Elle aimait raconter ses débuts. Elle n'en avait pas honte. Elle était même fière... Après, elle a changé...

– Pourquoi ?

– J'en sais rien. Elle s'est mise à jouer les grandes dames.

Elle eut, dans la voix, une brève intonation d'amertume. Puis elle reprit son histoire avec des commentaires savoureux.

– Vous comprenez, inspecteur, un bel homme comme lui, promis à un avenir brillant, ne pouvait pas laisser indifférente une telle artiste... chorégraphique. Enfin, vous voyez ce que je veux dire ! La belle Iris commençait à se poser des questions sur son avenir. L'heure de la retraite sonne tôt dans ce métier, et les voies de garage ne sont pas innombrables. Bref, un grand amour était le bienvenu !

Elle précisa combien Philibert Dupuech avait eu du mal à faire admettre son choix à un père magistrat de vieille souche marseillaise, prêt à pardonner les frasques de son fils unique mais pas une mésalliance. Le jeune médecin était obstiné et la famille céda. Les noces furent célébrées dans l'intimité par le maire d'un petit village de la Drôme, où une villa avait été opportunément acquise l'année précédente. On se hâta de la revendre quelques mois plus tard.

Sylvio s'amusait. La secrétaire essayait de rester modérée dans ses expressions, mais le mépris qui suintait de ses petites phrases assassines faisait de son témoignage un chef-d'œuvre de méchanceté.

L'histoire ne s'arrêtait pas là. La jeune épousée n'était pas seulement belle ! Ô surprise ! elle s'avéra riche. Très riche ! A peine mariée, un héritage imprévu lui apporta une dot aussi inespérée qu'impressionnante. Celle qui se croyait orpheline avait un père. Et quel père !

Alice Massilio se pencha en avant et baissa la voix pour bien montrer l'importance de la confidence. Sylvio, jouant le jeu, s'approcha aussi. Elle plissa les yeux et dévoila l'inavouable : le père d'Irène avait dirigé, durant les années d'occupation, une entreprise de travaux publics peu regardante sur les marchés qui lui étaient proposés. Or, à cette époque, ceux qui réussissaient ne se bornaient pas à gagner de l'argent, ils faisaient fortune ! Alice Massilio fit un geste évoquant un volume énorme :

– Personne ne peut imaginer ce qu'il laissait...

– Vous savez combien ?

Elle prit un air à la fois mystérieux et admiratif pour chuchoter :

– Beaucoup !

– Pour un fils de magistrat, remarqua l'inspecteur amusé, c'était un cadeau empoisonné, non ?

Elle se redressa, choquée.

– Le docteur était désargenté, certes, mais

compétent. Il n'avait pas besoin qu'une créature l'aide pour réussir !

La réponse avait jailli, éclatante de dédain. La secrétaire continua, sur un ton méprisant :

– D'ailleurs, autant que je sache, il n'a jamais accepté le moindre sou de son épouse. Mme Dupuech gérait son capital comme elle l'entendait. Quant au docteur, il gagnait largement de quoi entretenir sa maison.

Elle prit un air respectueux pour préciser :

– Il a une très belle clientèle ! Des femmes fortunées...

Se penchant de nouveau, et reprenant l'accent de la confidence, elle précisa que l'histoire n'était pas terminée. Qu'elle commençait même !

La belle Iris avait un frère, le gros Marius. Voyou, bon à rien, un vrai gibier de potence ! Héritier par moitié du magot paternel ! Sa fortune ne résista pas longtemps à ses habitudes dispendieuses. Le jeu, les courses, les belles voitures et des mœurs dissolues eurent vite raison des liasses de dollars.

– Car l'entrepreneur était mort aux Bahamas. Il avait laissé une montagne de billets américains, inspecteur. Bien à l'abri des curiosités fiscales !

Sylvio était au spectacle. Il avait renoncé à prendre des notes et découvrait, bouche bée, l'univers souterrain d'un médecin de la meilleure société. Les comprimés d'aspirine avaient temporairement asséché ses voies respiratoires et il ne pensait plus à son catarrhe. La secrétaire, intarissable, distillait son venin.

– Ce frère, inspecteur, c'est la malédiction venue du ciel pour stigmatiser le bien mal acquis. Madame, Dieu sait qu'elle ne m'était pas sympathique, mais je dois reconnaître qu'elle avait du courage. Elle traînait son Marius comme un boulet. Il était là sans cesse, réclamant, exigeant, menaçant. Il savait que sa sœur avait fait prospérer sa part, et il en demandait toujours plus. Une véritable calamité.

– Le docteur Dupuech laissait faire ?

– Il n'était jamais là quand le Marius venait. Il devait attendre dans la rue que le docteur parte faire ses visites. Je dois avouer que Mme Dupuech était héroïque. Elle faisait face avec dignité, mais cédait souvent, forcément !

L'inspecteur se retenait de rire. Il imaginait la malade se disputant le magot avec son gros malfrat de frère tandis que la secrétaire tendait l'oreille...

– Et dites-moi, vous en savez des choses, hein ?

Elle prit un air malin :

– Personne ne m'entend jamais. Alors on croit que je n'écoute pas...

Elle se reprit, comme si elle s'était laissée aller à une incongruité.

– N'allez surtout pas croire que j'écoute aux portes ! Ce n'est pas mon genre. Mais quand les gens crient, on ne peut pas se boucher les oreilles, n'est-ce pas ?

Sylvio sentait que la source d'informations était bonne. Il se mit à poser des questions.

– Ce Marius, quand est-il venu pour la dernière fois ?

– Il y a un mois environ. Mais Félix, le masseur, lui, venait presque tous les jours, sous prétexte de soins...

Sylvio était de plus en plus intéressé.

– Parce que Marius et Félix...

Alice secoua la tête.

– Là, je ne peux pas dire. Je n'ai jamais bien su quelles étaient leurs relations. A mon avis, ils ne valent pas mieux l'un que l'autre, c'est sûr, mais je ne sais pas s'ils étaient associés... ou concurrents.

Candide, elle ajouta :

– Félix parle toujours à voix basse, et Madame ne me faisait pas de confidences là-dessus. Je sais qu'ils se connaissaient depuis longtemps. J'ai l'impression qu'ils faisaient des affaires ensemble, mais allez savoir lesquelles.

– Mme Dupuech devait bien se douter que vous... entendiez à travers les portes.

– Je ne sais pas. Sur la fin, je me demandais souvent si seulement elle me voyait. Je faisais partie des meubles. Elle avait sa ligne téléphonique particulière. Je ne m'occupe que des consultants. A force de me voir assise dans ce trou à rats, elle avait fini par m'oublier. On dit qu'à Venise, les serviteurs sourds et muets étaient fort appréciés. Peut-être me considérait-elle ainsi...

IV

En fin d'après-midi, le commissaire principal Caillol reçut Antoine et Sylvio dans son bureau. Ce dernier eut évidemment la vedette lorsqu'il décrivit son entretien avec la perfide secrétaire. Le virus grippal semblait laisser sa victime en paix et l'inspecteur principal était radieux. Antoine ne voulut pas être en reste. Suivant les bons principes, il avait fait des fiches.

– Le docteur Philibert Dupuech a un passé sans reproche. Bonne société, études brillantes, rien à dire jusqu'au diplôme.

Il changea de fiche.

– En revanche, son épouse Irène Carréga, dite Iris, est un personnage haut en couleur. Elle est connue des services bien qu'on n'ait jamais rien eu à lui reprocher. Mais on retrouve sa présence, il y a une vingtaine d'années, dans de nombreux lieux mal famés où elle faisait sensation...

– Prostitution ?

– Elle n'a jamais été interpellée pour ce motif... Son statut artistique la protégeait... Elle a été mêlée à des affaires glauques, mais sans condamnations.

Antoine reconnut qu'il n'avait rien cherché, ni sur le père ni sur le frère dont il ignorait l'existence... Il avait obtenu aussi des renseignements sur le célèbre Félix.

– Ménékian pour l'état civil, trois condamnations pour coups et blessures, ancien boxeur. Surtout, il a été impliqué à plusieurs reprises dans des histoires de proxénétisme. Il s'en est toujours tiré, mais il semble bien que son officine de massages soit un lieu trouble. Sous la surveillance des mœurs. On s'est même demandé s'il n'y faisait pas venir des mineures... Rien n'a été prouvé, malgré les plaintes déposées par des parents... Depuis cinq ans, il ne fait plus parler de lui. Il se tient à carreau.

Caillol était aux anges.

– Ce bon docteur Dupuech devait avoir du mal à surnager au-dessus de ce marais... Le personnage central me paraît être le frère de feu la belle Iris. Il faut fouiller de ce côté-là.

Antoine n'en avait pas fini. Il prit une toute petite voix pour ajouter :

– J'ai quelque chose aussi sur Mme Josette Volnay, la jolie infirmière.

Caillol et Sylvio le regardèrent avec surprise. Ravi de son effet, il lut sa fiche :

– Née Baggio, veuve du sieur Alphonse Volnay, tué dans une rixe qui ressemblait fort à un règlement de compte. L'enquête a conclu que la jeune femme, élève infirmière à l'époque, n'était pas au courant des activités de son mari, souvent absent... Officiellement, il exerçait le métier de VRP pour une maison de vins et spiritueux dont on n'a jamais trouvé trace...

Le commissaire se tourna vers Sylvio.

– Eh bien, mon cher Dotti, nous revoilà plongés dans cette pègre que vous connaissez bien. Même si cette enquête ne relève pas vraiment de nos brigades anti-criminalité dont vous êtes l'ornement, j'aimerais assez que nous essayions d'en savoir un peu plus sur ce joli monde sans faire appel à d'autres services...

– Alors, ce soir, je ne sors pas ?

– Non ! Ni Antoine Meunier qui vous assistera. Vous soignez votre grippe. Demain, vous continuerez l'enquête. Essayez de retrouver le frère. Comment s'appelle-t-il déjà ?

– Marius. Marius Carréga, sans doute... comme sa sœur.

Sylvio Dotti n'était pas mécontent d'échapper à son service nocturne habituel. Son affectation aux BAC* l'obligeait à passer deux nuits sur trois à circuler en ville à bord d'une voiture banalisée, en compagnie de deux autres gardiens de la paix en civil prêts à intervenir sur les flagrants délits que le PC leur signalait ou qu'ils découvraient eux-mêmes au cours de leurs patrouilles. Il aimait ce métier de chasseur, mais avec le rhume qui lui prenait la tête, il se voyait mal, ce soir-là, courir derrière des truands. La sensation de malaise revenait et il avait hâte de prendre un nouveau comprimé.

Le commissaire était bien conscient de l'état de son inspecteur principal.

– On se revoit demain en fin de matinée... Et soignez-vous !

Sylvio regarda son supérieur avec une certaine admiration tandis qu'il enfilait un superbe manteau gris anthracite. Sans doute se rendait-il à quelque dîner mondain, ou peut-être à une première au théâtre...

* BAC : Brigade anti-criminalité.

Il n'était pas jaloux. Le hasard l'avait fait naître dans un autre monde, et il était satisfait de sa situation. Il habitait un petit appartement moderne derrière le lycée Marseilleveyre, seul avec son père, ancien maçon immigré. Le vieil homme s'exprimait difficilement en français, avec un accent terrible, mais il avait toujours refusé que son fils parle italien, cette langue des pauvres. Il était fier d'avoir pu lui payer des études qui l'avaient mené à un solide diplôme. Sylvio n'avait pas connu sa mère, morte en couches, et il vouait à son père une vénération pudique.

Antoine le tira de sa rêverie. Il semblait, lui aussi, pressé de partir. A le voir coiffer avec soin sa toison bouclée, on pouvait deviner qu'il avait quelque rendez-vous galant...

– J'aurai les résultats de l'autopsie demain matin, je pense, et peut-être aussi les conclusions du labo concernant la lettre anonyme. Je les appellerai en arrivant. Salut, je me sauve !

– A demain. Moi, j'irai voir le docteur à la première heure. Tu viendras me rejoindre ensuite pour perquisitionner.

– Chez le docteur ?

– Dans les papiers de sa femme on devrait découvrir des informations sur le frère.... C'est bien lui qu'on recherche, non ?

V

Philibert Dupuech portait un sombre blazer croisé avec une cravate noire sur une chemise à peine bleutée. Son visage était détendu, et ses joues lisses devaient sentir l'after-shave. N'était la vivacité de son regard, on aurait pu le croire indifférent à ce qui l'entourait. Il reçut l'inspecteur avec une amabilité polie et, comme la veille, le fit entrer dans son bureau. Lui-même s'assit derrière sa table comme il avait sans doute l'habitude de le faire avec ses patients. Sylvio ne fut pas étonné que le praticien lui demandât des nouvelles de sa santé.

Il répondit sèchement qu'il allait mieux. De fait, il était passé la veille dans une pharmacie dont il connaissait le préparateur, et il était rentré chez lui avec un sac de médicaments dont l'effet ne s'était pas fait attendre. Jamais il n'aurait osé avouer cette démarche au médecin. Pour lui, le recours au corps médical avait quelque chose de dégradant, presque inavouable...

Sans plus attendre, il en vint aux questions qu'il ruminait dans sa tête depuis son réveil.

– Si cela ne vous ennuie pas, j'aimerais que vous me parliez de votre beau-frère...

Il vit les yeux du docteur Dupuech s'agrandir.

– Mon beau-frère ? Pourquoi mon beau-frère ?

– A part vous, c'est le plus proche parent de votre femme...

– Evidemment, mais je ne le vois guère. Il va recevoir un faire-part... J'ai passé ma soirée d'hier à faire la liste. Ma secrétaire va les rapporter tout à l'heure de chez l'imprimeur, si la date des obsèques est confirmée, et elle les mettra à la poste avant ce soir. Ensuite...

– Vous auriez pu lui téléphoner...

– Je n'ai pas son numéro. Quant à son adresse...

Il fit un geste de la main montrant qu'il n'était guère certain de la connaître.

Sylvio était à son aise. Il aimait ce genre d'interrogatoire qui n'en avait pas l'air. Quand il arrêtait un petit truand nocturne en flagrant délit, il rédigeait lui-même le procès-verbal en jouant au chat et à la souris avec sa victime. Ses collègues disaient qu'il n'avait pas son pareil pour obtenir des aveux spontanés, simplement en posant des questions d'apparence anodine.

Là, il ne cherchait à faire avouer personne, mais il avait fort envie de savoir ce qui se cachait derrière la carapace BCBG du médecin.

– Oui, parlez-moi de ce beau-frère. Ça ne doit pas être simple d'avoir un individu pareil dans sa famille...

Le médecin se recula dans son fauteuil, rassuré par le ton de la question et poussa un profond soupir.

– Un bon à rien, c'est un bon à rien, que voulez-vous y faire ?

– Il venait souvent voir sa sœur ?

– Je ne sais pas. Je pense que oui. Il avait pris l'habitude de m'éviter et je le rencontrais rarement. Parfois, je devinais qu'il était venu, à voir l'air bouleversé de ma femme...

– Pourquoi ? Il lui demandait de l'argent ?

Le médecin était mal à l'aise. Il sembla réfléchir un bref instant, comme pour prendre son élan.

– Ecoutez-moi. Il vaut mieux que vous sachiez la vérité : peu après notre mariage, ma femme a hérité d'une grosse fortune...

Il hésitait, ne sachant visiblement pas comment s'y prendre pour exprimer sa pensée, et Sylvio ne faisait rien pour l'aider.

Il se força pour continuer :

– ...une fortune dont l'origine était plus que douteuse. J'ai décidé de ne plus jamais lui parler de son patrimoine. Heureusement, à l'époque, ma clientèle se développait. Je n'avais aucun besoin d'une aide financière. De plus, Irène était d'un caractère indépendant, elle aimait avoir son jardin secret. Ses affaires étaient ses affaires... Nous avions d'autres sujets de conversation.

Sylvio accumulait les informations, mais poursuivait son idée.

– Son frère faisait partie de... ses affaires ?

Le docteur Dupuech parut soulagé.

– Hélas ! C'était aussi un sujet dont nous ne parlions jamais. Ni l'un ni l'autre nous n'en avions la moindre envie.

– D'accord. Mais vous saviez bien ce qu'il en était.

– Je savais ce que j'en avais appris dès le premier jour. Joueur, tricheur, dépensier, paresseux, incapable de travailler... Tout ça je ne pouvais l'ignorer, et je n'étais pas le seul. Alors qu'en dire d'autre ? C'était son frère, et elle l'aidait. Comment ? Je ne voulais pas, et je n'ai jamais voulu le savoir ! C'est tout. Même aujourd'hui, si je peux m'en dispenser j'éviterai de m'en préoccuper.

– Vous savez où il habite ?

– Non ! Ma secrétaire, je crois, a son adresse, mais je n'en suis même pas certain.

– Il risque de ne pas être averti...

Le médecin hocha la tête en signe d'acquiescement.

– De toute façon, il y aura également, demain, un faire-part dans le carnet du *Figaro* et les journaux locaux. Je ne peux pas faire plus...

– Il est marié ?

Le médecin leva les yeux au ciel. Il commençait à s'énerver.

– Je n'en sais rien. Je m'évertue à vous le répéter... Comment faut-il vous le dire ?

Sylvio tira son carnet et prit quelques notes, lentement, conscient d'agacer son interlocuteur. Suçotant le capuchon de son stylo, il regardait les yeux gris de Philibert Dupuech en cherchant ce que l'autre lui cachait. Car, à l'évidence, il lui cachait beaucoup de choses.

Il aimait ces moments de silence où son esprit vagabondait un instant pendant que son vis-à-vis sentait monter l'angoisse.

Dans le cas présent, il devait reconnaître que le docteur Dupuech jouait admirablement sa partie. Lui aussi savait attendre sans marquer la moindre inquiétude apparente.

Le praticien finit par regarder sa montre et, penché en avant, prit son ton le plus suave pour demander :

– Si nous en avons fini pour le moment, nous pourrions peut-être faire une petite pause. J'ai énormément de choses à régler avant les obsèques. Si le légiste m'autorise à récupérer le corps de ma femme, les employés des pompes funèbres m'ont promis d'organiser la cérémonie pour lundi matin. Il faut donc que je téléphone à l'institut médico-légal, puis à l'imprimeur pour marquer la date sur les faire-part...

Sylvio hocha la tête sans répondre. Il regarda à nouveau ses notes.

– Je suppose que vous pouvez joindre votre secrétaire...

– Si elle est encore chez elle, oui.

– Vous pourriez lui demander l'adresse de votre beau-frère ?

– Je vais essayer.

Le médecin s'attendait à ce que Sylvio se lève. Devant l'immobilité de l'inspecteur, il se décida à prendre son téléphone. Mais son appel n'eut pas de succès.

– Elle doit être en route pour aller à l'imprimerie.

Sylvio fit un sourire désarmant de naïveté.

– Eh bien, dans ces conditions, nous allons devoir l'attendre.

Il y eut alors, dans le regard du médecin, un éclat de haine qui réjouit l'inspecteur. La situation commençait sérieusement à lui plaire.

– Ne vous dérangez surtout pas pour moi. Si vous avez des coups de fil à donner, il ne faut pas vous gêner.

Il espéra un instant que le docteur Dupuech allait se mettre en colère, mais il en fut pour ses frais. L'autre resta d'un calme parfait.

La sonnerie de l'entrée retentit. Le médecin fronça les sourcils.

– Vous attendez quelqu'un? demanda Sylvio.

– Non!

– Alors ce doit être mon adjoint.

Dupuech haussa les sourcils. « Comme si un seul ne suffisait pas », semblait-il penser. Il se leva et quitta le bureau, laissant l'inspecteur.

Sylvio se dressa à son tour et profita de son isolement pour jeter un coup d'œil au livre de rendez-vous du médecin. Il recevait peu. En revanche, l'inspecteur fut frappé par le nombre d'après-midi consacrés à l'hôpital. Trois par semaine en moyenne.

« C'est tout de même un type sérieux », reconnut-il. Réflexion qu'il n'aurait jamais exprimée à haute voix !

Antoine Meunier arrivait. Sylvio lui fit un petit salut de la tête.

– Docteur, reprit-il en sortant du bureau à son tour, pourriez-vous nous montrer la chambre de votre épouse ?

Le médecin eut l'air étonné.

– Bien sûr. Mais je vous préviens, je n'ai pas fait nettoyer encore... Notre brave femme de ménage portugaise s'est bornée à mettre un peu d'ordre. Elle est si occupée...

– C'est celle qui est chargée de l'entretien dans l'immeuble ?

– Oui. On ne trouve plus de personnel...

Ils s'engagèrent dans un couloir sombre et le médecin ouvrit la porte du fond. Il s'écarta pour laisser passer les policiers. Sylvio s'arrêta sur le seuil de la chambre. Il considéra la vaste pièce d'un coup d'œil circulaire et parut satisfait.

– Nous allons être obligés de fouiller un peu. Avec votre assentiment, bien entendu.

Il sortit de sa poche un papier.

– Voulez-vous avoir l'obligeance de remplir ce document ?... Simple formalité.

Le médecin parut hésiter, puis il eut un geste fataliste. Il prit le document, sortit son stylo et le rédigea rapidement. Il le tendit à l'inspecteur qui attendait, silencieux, et se retourna comme s'il allait repartir vers son bureau.

– Ne vous en allez pas, docteur ! Nous devons agir en votre présence...

Surpris mais résigné, il regarda sa montre.

– Si vous pouvez ne pas me faire perdre trop de temps...

– Ne vous inquiétez pas...

La chambre était occupée par un grand lit de milieu dont les draps et les couvertures avaient été enlevés. Dans un angle, il restait un pied à perfusion, une bouteille d'oxygène sur son chariot à roulettes et de grandes boîtes en carton où des médicaments avaient été entassés. Le mobilier était banal, de ce style des années cinquante qui ne laissera sans doute pas un souvenir impérissable. Une vaste armoire à glace faisait face au lit. Sylvio l'ouvrit. C'était une penderie. Il passa la main sur les vêtements bien rangés, qui semblaient attendre une propriétaire qui ne viendrait plus. Pendant ce temps, Antoine explorait le tiroir des tables de nuit.

Sur l'autre mur, une commode ventrue, plus élégante, venait sans doute de la campagne provençale. Sylvio ouvrit l'un après l'autre les trois tiroirs épais. Des piles de chemisiers, de pulls, de sous-vêtements n'apportèrent aucune information. Il se dit qu'il devrait peut-être reprendre cette investigation plus en détail.

Il gardait pour la fin l'examen d'un secrétaire de style indécis qui ornait l'angle près de la fenêtre. Il s'en approcha à pas lents et s'assit avec précaution sur un petit fauteuil crapaud recouvert de soie patinée. Il ouvrit l'abattant et mit à jour un univers de dossiers minutieusement rangés. Il commença à les feuilleter un à un, découvrant des masses de relevés bancaires émanant de différents établissements, marseillais pour la plupart, et des feuilles de comptes. Il les passait à Antoine, qui les empilait sur le lit.

L'enquête financière n'était pas sa spécialité. Mais son flair était suffisamment aiguisé pour lui permettre de se rendre compte qu'il y avait là des documents qui méritaient une étude plus approfondie. Il se demandait s'il allait saisir l'ensemble ou pas quand il entendit le docteur s'approcher dans son dos. Il se retourna. Le praticien avait un sourire narquois aux lèvres.

– C'est à emporter ou pour consommer sur place ?

Sylvio n'avait pas le sens de l'humour et il détestait ceux qui savent manier cette arme redoutable.

– Je ne trouve pas de dossiers sur les déclarations fiscales. Savez-vous s'il y en a ?...

Ce genre de phrase a le don de générer l'inquiétude et il attendait de voir si le médecin continuerait de rire. Il en fut pour ses frais. L'autre, sans se décontenancer, prit un ton badin :

– Personnellement, je ne me suis jamais occupé de quoi que ce soit dans ce domaine. Je ne sais même pas lire un relevé de banque. C'est mon comptable qui s'occupe de tout. Je tiens son adresse à votre disposition.

Il eut un sourire charmeur pour ajouter :

– Je croyais que vous meniez une enquête sur le fait que je suis censé avoir tué mon épouse...

Sylvio se dit que cet homme devait savoir plaire aux femmes.

– Justement, répondit-il avec le même air candide, je cherche le mobile...

– D'après le commissaire Caillol, l'auteur de cette lettre est probablement un déséquilibré. A mon avis, il vaudrait mieux...

L'inspecteur se leva, soudain sévère, et lui coupa la parole.

– Je ne connais rien à la médecine, docteur, mais une enquête, je sais comment ça se mène. Alors laissez-moi faire mon métier, d'accord? J'emporterai les dossiers qui me paraissent importants. Ils seront examinés par notre service financier.

Le médecin s'inclina sans répondre et Sylvio en profita pour pousser son avantage :

– Autre chose. J'aimerais savoir où vous vous trouviez quand votre femme est décédée?

– Je vous l'ai déjà dit. J'avais été appelé pour une urgence.

– Où ça?

Le médecin marqua un instant d'hésitation.

– Vous savez que je ne suis pas obligé de vous donner le nom de mes malades. Dans le cas présent, comme il n'y a pas de secret, je vais vous répondre. Cependant, permettez-moi de vous faire remarquer que vous perdez votre temps, alors que d'autres pistes sont sans doute plus intéressantes.

– Ah ! Je vous en prie ! Laissez-moi faire mon travail comme je l'entends !

La voix de Sylvio avait claqué. Le regard du médecin eut à nouveau cet éclat métallique que l'inspecteur avait déjà remarqué. Il se dit qu'il était sur la bonne voie.

– Alors docteur, ce mercredi après-midi, où étiez-vous ?

– Au chevet d'une femme très âgée, asthmatique grave, qui a toujours refusé de se faire hospitaliser. Elle a fait une crise asphyxique et j'ai dû la mettre sous oxygène. Elle s'en est tirée, Dieu merci !

Sylvio ouvrit son carnet :

– Le nom et l'adresse de cette malade ?

VI

C'était une petite maison basse blottie au fond d'un jardinet, comme il en existe encore quelques-uns dans le quartier des Sources. Le rez-de-chaussée était loué par M. et Mme Rameau, un vieux couple de retraités qui faisaient office de gardiens. La femme, ronde et pimpante, avait une soixantaine d'années. Bavarde, elle ne se fit pas prier pour décrire la santé de la propriétaire.

– Elle ne doit pas avoir loin de quatre-vingts ans. Vous voyez, l'asthme, faut croire que ça conserve. Le docteur Dupuech s'en occupe régulièrement. Un bien brave homme. Elle a aussi une fille et une petite-fille qui viennent souvent la voir. Sa sœur vit avec elle, malheureusement, elle est bien sourde ! Il faut crier pour se faire comprendre, ou écrire sur une ardoise... Oh! elles sont bien gentilles toutes les deux!

Accompagnés par la serviable grosse dame, Sylvio et Antoine montèrent à l'étage. Ils poussèrent la porte d'un salon salle à manger fleurant bon l'encaustique et découvrirent les deux grand-mères assises de part et d'autre d'une table recouverte d'un « bouti » ancien. Une lampe ventrue formait un cône de lumière où chacune s'occupait. La plus âgée faisait une patience, l'autre tricotait un énorme chandail de laine brune. C'est elle qui se leva.

– Mademoiselle Jeanne, ce sont des inspecteurs de police...

Mme Rameau criait d'une voix aiguë, articulant bien les mots, face à la vieille femme qui regardait ses lèvres en fronçant les sourcils.

– Des quoi? demanda-t-elle d'une voix nasillarde.

– Des inspecteurs.

– Des inspecteurs?

La gardienne se retourna vers les policiers avec une moue d'impuissance.

– Des inspecteurs de quoi? demanda l'autre vieille.

Sylvio s'avança et lui tendit sa carte. Elle la prit, la mit dans la lumière, ajusta ses lunettes et hocha la tête. Elle la lui rendit et s'adressa à la gardienne, comme s'il était incapable de comprendre :

– Qu'est-ce qu'il veut ?

La gardienne renouvela son regard désolé. Sylvio se lança :

– Comment va votre santé ?

Elle secoua la tête.

– Bien, je vous remercie.

– Mieux que mercredi ?

Elle jeta un regard désespéré vers la gardienne qui intervint :

– Mercredi, madame Fabre, ça n'allait pas !

Elle mima l'étouffement. La vieille dame sourit et répéta :

– Ça n'allait pas.

– Qu'est-ce qu'ils veulent ? nasilla la sourde.

Sylvio commençait à désespérer. Il s'adressa à la gardienne.

– Mercredi après-midi, le médecin est venu s'occuper d'elle ?

– Oh ! oui. Venez voir.

Elle l'entraîna vers la pièce voisine, une chambre à l'ancienne avec un haut lit de bois et des portraits jaunis au mur dans des cadres tarabiscotés.

– Regardez ce qu'il est allé chercher ce jour-là.

Dans un angle, elle montra une bouteille à oxygène, à laquelle étaient encore accrochés un masque de caoutchouc et une grande bâche de plastique transparent.

– Il a fallu la mettre là-dessous. D'après ce que j'ai compris, heureusement qu'il a fait vite, sinon....

– Tout est resté là ?

– Il a dit qu'il valait mieux garder tout ça ici pendant quelque temps. Au cas où ça recommencerait...

Sylvio aurait dû poser maintes questions précises, mais il sentait son propre rhume revenir en force, et sa tête commençait à enfler de l'intérieur. De plus, la voix aiguë de la gardienne lui était insupportable.

– Il était quelle heure ? demanda-t-il sans grand espoir.

– L'après-midi, répondit la gardienne, sûre d'elle.

– Vers quelle heure, exactement ?

– Oh ! Je ne sais pas... Trois, quatre, cinq heures...

Epuisé par avance en pensant à la difficulté qu'il aurait à en savoir plus, il renonça. Il remercia d'un sourire qu'il voulut séraphique, s'inclina devant les deux ancêtres figés dans un étonnement qui ne serait jamais satisfait; et s'en fut, suivi d'Antoine qui sifflotait.

Dehors il faisait gris et froid. Il éternua, pour la première fois de la journée.

– Je te croyais guéri.

– C'est reparti, grommela-t-il entre ses dents.

Il vérifia que son tube d'aspirine était bien dans la poche de sa veste et chercha du regard un bistrot où il pourrait aller prendre un café.

– Putain! je vais crever!

– Mais non, un flic c'est beaucoup plus costaud qu'un microbe...

VII

La réunion dans le bureau du commissaire principal Caillol eut lieu vers midi. Sylvio avait eu le temps de mettre ses notes en ordre, et Antoine arriva avec un gros dossier sous le bras. C'est lui qui commença. L'autopsie confirmait le diagnostic du docteur Dupuech. Cancer du pancréas évolué avec métastases hépatiques nombreuses. Cachexie prononcée, aucune autre cause de mort décelable. La patiente était imbibée de morphine, fait habituel pour ces cancers très douloureux, et le légiste n'avait pu dire si l'abus de cette drogue avait été déterminant pour entraîner l'arrêt cardiaque.

– Ne m'avez-vous pas dit qu'elle était diabétique ? demanda le commissaire.

Antoine prit un air satisfait :

– Parfaitement, patron. C'est, du moins ce que nous a laissé entendre le docteur Dupuech. Je l'avais d'ailleurs précisé au légiste. Il a vérifié. La morte avait un taux de sucre sanguin un peu supérieur à la normale. Ce n'est donc pas non plus un meurtre à l'insuline.

Caillol prit un air satisfait :

– Nous pouvons donc être rassurés. Le docteur Dupuech n'est pour rien dans la mort de sa femme et la lettre est de pure calomnie. C'est bien ce que nous pensions.

– Cette lettre, justement, continua Antoine, elle ne porte aucune empreinte permettant d'en identifier l'auteur et les caractères ont été découpés dans le journal *Paris-Turf*...

– *Paris-Turf* ! Voilà qui nous ramène encore vers le frère de la défunte. Où est-il, celui-là ?

Antoine sourit, ravi d'être au centre des regards. Il ouvrit une nouvelle sous-chemise tirée de son gros dossier.

– Là, c'est plus difficile. Nous n'avons aucune adresse précise. Il loue une chambre dans un meublé à L'Estaque, au-dessus d'un café-restaurant. J'en viens.

– Je lui ai demandé d'y faire un saut, précisa Sylvio.

– Il n'y séjourne que rarement, continua

Antoine, mais il paie régulièrement son loyer. La propriétaire a l'air d'une poivrote, pour ne pas dire mieux, et je n'ai rien pu en tirer. D'après elle, il passe de temps en temps, reste un ou deux jours puis repart. Il doit pas mal voyager.

– De quand date le dernier séjour ?

– Un mois environ. Elle m'a montré sa piaule.

Le commissaire fronça les sourcils.

– Pas très régulier, ça...

Antoine rougit :

– C'est elle qui me l'a proposé. Je n'allais pas refuser !

Caillol ne protesta pas.

– Qu'avez-vous trouvé dans cette chambre ?

– Pas grand-chose. Quelques fringues dans l'armoire, des objets de toilette sur l'étagère du lavabo, mais bien secs, comme s'ils n'avaient pas servi depuis longtemps... De la poussière partout et rien de plus.

– Ni papiers ni documents... ?

– Non. Elle m'a montré des tiroirs vides. Rien !

– Avez-vous des photos de lui ?

Sans un mot, Antoine lui tendit des clichés de l'Identité judiciaire représentant un homme glabre au crâne rasé, le visage maigre, l'air hébété.

– Elles datent de dix ans, précisa Caillol, l'air déçu, en regardant l'envers de la photo. Rien depuis ?

– Rien ! Pas de condamnations depuis cette dernière incarcération pour proxénétisme aggravé. Il avait pris cinq ans.

– Les condamnations précédentes ?

– Vol de voitures, escroquerie, infractions sur la législation des jeux. On l'appelait Marius-les-Brèmes...

Caillol était étonné.

– Rien depuis dix ans ? C'est tout de même bizarre.

– Il s'est peut-être acheté une conduite. On va en savoir plus dans les jours qui viennent, c'est sûr.

Sylvio, à son tour, raconta la visite chez le docteur, mais sans trop insister, car il sentait que le commissaire principal ne partageait pas son antipathie pour le praticien. Il passa vite sur l'asthmatique et la sourde pour revenir au témoignage de la secrétaire sur Marius et Félix.

Le commissaire tomba d'accord avec eux pour conclure que c'était bien de ce côté-là qu'on trouverait l'auteur de la lettre.

– *Paris-Turf*, c'est une indication majeure.

Les deux autres opinèrent poliment.

Caillol se leva pour signifier que l'entretien était terminé. Il fit le tour de sa table et s'y appuya négligemment, comme s'il avait autre chose à leur dire. Après une seconde de réflexion, il se décida :

– On ne va pas s'éterniser sur cette affaire. Le médecin est disculpé, c'est l'essentiel. J'aurais bien voulu démasquer l'auteur...

Il eut un sourire complice pour ajouter, presque à voix basse :

– ... Surtout pour faire plaisir à ma vieille mère ! Il s'agit probablement d'un malade rancunier. Mais on ne va pas mettre sens dessus dessous le fichier des clients du cabinet médical. Il faudrait une commission rogatoire, et je ne suis pas sûr que nous l'obtiendrions. On va tranquillement attendre les obsèques de la défunte, lundi. Nous irons en force. Si le frère se pointe, nous en profiterons pour lui demander quelques éclaircissements sur ses activités... Sinon, nous laisserons tomber. Je ne veux pas me ridiculiser en courant dans le vide. Après tout, cette lettre n'est peut-être qu'une simple plaisanterie de mauvais goût.

VIII

Le cimetière Saint-Pierre est l'un des plus anciens et des plus vastes de Marseille. La famille Dupuech y possédait une concession depuis plusieurs générations. En ce matin de novembre, il n'y avait pas une foule immense pour accompagner la belle Iris à sa dernière demeure. Etait-elle considérée comme une intruse dans ce milieu bourgeois ? Probablement.

Le mistral peinait pour libérer le ciel de ses derniers nuages, et le soleil ne faisait que de brèves apparitions. Les chrysanthèmes de la Toussaint commençaient à se faner, accentuant encore la tristesse du lieu.

Le docteur Dupuech marchait de long en large, seul, à l'écart. Le commissaire principal Caillol vint le saluer. Il tenait par le bras une très vieille dame élégante, tout de noir vêtue comme il sied en de telles circonstances. Ils se serrèrent cordialement la main comme des connaissances de longue date et le policier le pria de l'excuser de n'avoir pas encore élucidé l'origine de la lettre anonyme.

– Nous nous demandons, évidemment, si votre beau-frère n'est pas pour quelque chose dans cette histoire, mais nous n'avons pas réussi à lui mettre la main dessus. Pensez-vous qu'il viendra aujourd'hui ?

Dupuech fit une moue dubitative.

– Je n'en ai pas la moindre idée, et pour tout dire, ce n'est pas ma préoccupation principale...

Caillol baissa la voix.

– Je vous comprends. D'ailleurs, il n'est peut-être pas indispensable de remuer ciel et terre pour parvenir à trouver cet... auteur indélicat ! L'important, c'est que vous soyez complètement innocenté de cette accusation ridicule.

Le docteur hocha la tête.

– Certes ! Mais cette pratique est odieuse et j'aurais bien aimé que vous parveniez à en savoir plus...

Deux voitures des établissements Roblot pénétrèrent lentement sur l'espace réservé.

– La voilà, murmura le médecin, excusez-moi.

Il alla prendre place près de la petite chapelle d'où partirait le cortège. Les employés chargèrent quelques bouquets de fleurs et l'ordonnateur vint discuter avec le docteur. Le commissaire Caillol, qui s'était éloigné, laissa sa mère auprès d'une autre vieille dame et se rapprocha de Sylvio.

– Je n'aime pas ces cérémonies sans religion. Elles sont plus tristes encore que les autres.

– Et c'est pire quand le cercueil arrive de l'institut médico-légal !

Après un bref conciliabule entre les employés des pompes funèbres, le cortège se forma et se mit lentement en route vers le fond du cimetière. Le docteur Dupuech était seul derrière la voiture corbillard qui allait au pas, précédant un groupe de trois femmes. L'infirmière, Josette Volnay, tenait par le bras la secrétaire, Alice Massilio. La femme d'entretien portugaise, un gros mouchoir sur le nez, marchait un peu en retrait, boudinée dans un manteau trop étroit.

Une cinquantaine de personnes anonymes suivaient. Au milieu, on pouvait remarquer la silhouette épaisse du masseur, habillé d'une grosse veste de ski multicolore du plus mauvais goût. Le commissaire principal Caillol, Sylvio et Antoine fermaient la marche.

Deux inspecteurs supplémentaires et un photographe avaient été mis en planque autour du portail d'entrée, et, maintenant, ils suivaient le cortège de loin, discrètement. Aucune trace du beau-frère.

Sylvio n'était pas vraiment remis. Il avait passé deux jours au lit, bourré de médicaments et abreuvé de potions à base d'herbes, fortement dosées en grappa, que seul son père savait lui préparer. Il se sentait flotter dans une espèce d'état cotonneux. Les bruits résonnaient dans sa tête comme dans une église vide et les aigus vrillaient ses tympans. Bref, il était toujours aussi mal en point. Les relations amicales de son supérieur avec le docteur Dupuech l'agaçaient et il ne souhaitait qu'une chose, retourner dans son lit qu'il n'aurait jamais dû quitter.

Malgré son état, il n'avait pas complètement abandonné son affaire pendant le week-end. Il avait téléphoné à un vieil ami, ancien inspecteur de la brigade financière, célibataire lui aussi et passionné par son métier, qui se morfondait depuis sa mise à la retraite en se bornant à lire les journaux financiers. Ce fouineur redoutable avait paru très intéressé par ce que lui racontait son jeune collègue à propos de la femme du docteur.

– Quand il y a de nombreux comptes en banque chez un particulier, ça sent la fraude à plein nez, avait-il affirmé d'un ton gourmand. Attends, je viens jeter un coup d'œil au dossier.

Sylvio avait acquiescé :

– Tu déjeuneras avec nous, mon père nous a prévu un *osso bucco*.

Dans son semi-coma, Sylvio avait vu le spécialiste feuilleter les papiers de feu Mme Dupuech avec un intérêt mal dissimulé. Ce qui avait surtout séduit l'ancien inspecteur, c'était le carnet d'adresses. Epais, culotté comme un vieux grimoire, couvert d'une écriture minuscule et usé par le temps.

L'appartement sentait bon l'origan, et la bouteille de barolo avait plongé Sylvio dans une douce sieste réparatrice. Il fut réveillé par la voix de son comparse.

– J'ai compris l'essentiel. Donne-moi encore vingt-quatre heures, avait-il conclu en partant, et je t'en dirai plus. Il faut aussi que j'attende demain pour passer quelques coups de téléphone. Laisse-moi faire.

L'inspecteur principal Dotti, conscient que l'enquête était entre de bonnes mains, s'était rendormi jusqu'au lundi matin, espérant se réveiller frais et dispos. Il en était loin. La tête baissée, il considérait les graviers du cimetière en se demandant ce que son collègue allait bien pouvoir découvrir. A côté de lui, le commissaire principal Caillol bavardait à voix basse avec Antoine.

Relevant les yeux vers le corbillard, il sursauta.

– Regardez ! gronda-t-il en donnant un coup de coude à son voisin.

Le docteur Dupuech n'était plus seul derrière le cercueil de sa femme. Un personnage aussi grand que lui, emmitouflé dans une canadienne en mouton retourné, le col haut relevé, marchait à sa droite. Et, de loin, on voyait bien que les deux hommes se parlaient sur un ton vif. Le nouveau venu, à coup sûr le fameux Marius, portait une casquette à carreaux qui laissait passer une ridicule petite queue de cheveux gris retenus par un catogan. La silhouette était épaisse et la démarche lourde.

Sylvio vérifia que les inspecteurs avaient repéré celui qu'ils attendaient. Le photographe courait derrière les tombes, le long du mur, pour se rapprocher le plus possible sans se faire voir. Il s'arrêtait tous les dix pas, visait et prenait un cliché puis reprenait sa progression par petits bonds.

– Avançons-nous, commanda Caillol. Sylvio, vous doublez le cortège par la gauche et moi par la droite. Antoine, vous restez en arrière, au cas où....

Les deux policiers s'écartèrent, empruntant les allées secondaires, contournant les sépultures massives, évitant de marcher sur les pierres tombales, enjambant les innombrables pots de fleurs déposés pour la Toussaint et qui rendaient leur déplacement plus périlleux encore.

Ils parvinrent à se rapprocher de la tête du cortège au moment où la petite foule se regroupait et entourait le caveau ouvert. L'ordonnateur, avec des gestes onctueux empreints d'une émotion qu'il ne ressentait pas, présidait à la descente du cercueil dans l'abîme de béton. Sylvio, essoufflé, cherchait des yeux sa proie. Où pouvait-il bien être ? Il joua des coudes pour s'approcher de la fosse.

Autour de lui, il n'y avait que des inconnus au regard sévère et triste. Nulle part il ne voyait Marius. Dupuech se tenait en face, au bord de l'ouverture, les yeux baissés, les mains derrière le dos, entouré par l'infirmière, la secrétaire et la Portugaise éplorée. Caillol vint se glisser derrière le médecin. Il regardait alentour avec le plus de discrétion possible. Le beau-frère avait bel et bien disparu.

Sylvio, par malchance, s'était trouvé bloqué un peu en contre-bas et ses voisins l'empêchaient de voir plus loin. Agacé, il grimpa sur le caveau le plus proche, sans se soucier des regards courroucés qui se braquèrent sur lui. Il dominait enfin l'assistance et l'étendue du cimetière. C'était la partie la plus ancienne, et la multitude des monuments funéraires de haute taille lui fermait l'horizon.

Soudain, entre deux chapelles néogothiques pleines de clochetons, à plusieurs centaines de mètres de là, il aperçut la canadienne beige qui s'éloignait dans une allée. Par acquit de conscience, il chercha du regard les autres inspecteurs. Ils étaient mêlés à la foule, se faufilant au milieu des gens, à la recherche de l'insaisissable Marius, déjà fort loin.

Au fond du cimetière, l'inspecteur Dotti aperçut une petite porte en fer qui se refermait...

IX

Le bureau du commissaire Caillol était baigné de soleil. Dehors, le mistral sifflait avec furie.

Les photographies du cimetière étaient inutilisables. Le visage obstinément tourné vers l'arrière du corbillard, Marius n'avait offert à l'objectif que des profils perdus, et plus souvent encore des arrières de tête qui, pour être originaux, n'en étaient pas pour autant descriptifs. Caillol enrageait.

Le docteur arriva en fin d'après-midi. Il avait l'air fatigué.

– Il m'a agoni d'injures, raconta-t-il. Il m'accuse d'avoir hâté la fin de ma pauvre épouse pour qu'elle n'ait pas le temps de faire le testament qu'elle lui avait promis.

– Pourquoi cette promesse ?

– D'après lui, la fortune de ma femme provenait de son père. Or celui-ci aurait toujours dit qu'elle reviendrait intégralement au dernier vivant de ses deux enfants. C'est la version de Marius...

– Pensez-vous que votre femme avait cette intention ?

Le docteur prit un air agacé.

– Je vous ai dit que nous n'abordions jamais ce sujet. Surtout à la fin. Dans l'état de souffrance où elle était, la pauvre avait d'autres soucis en tête. De plus, je serais bien étonné qu'il y ait vraiment des sommes considérables... Et puis, ça m'est égal ! Qu'il prenne tout ce qu'il veut !

– Savez-vous si elle avait fait un testament ?

– Je n'en ai pas la moindre idée.

– Serait-il indiscret de vous demander si vous aviez fait un contrat de mariage ?

– Séparation de biens.

– Donc c'est lui qui va hériter ?

Le docteur se redressa, laissant éclater sa colère :

– Vous ne trouvez pas que cette conversation est déplacée ? Discuter de testament alors que la tombe de mon épouse est à peine refermée, je trouve cela répugnant. Il y a des limites.... Excusez-moi !

Furieux, il quitta la pièce sans saluer personne, laissant les trois hommes interdits. Le commissaire était désolé.

– C'est déjà avec réticence qu'il avait accepté de venir voir les clichés l'après-midi même de l'enterrement. Cet interrogatoire a dû lui paraître insupportable.

Caillol était confus et gêné. Sylvio ne disait rien. L'attitude du médecin l'exaspérait de plus en plus. Parler d'argent et d'héritage le jour d'un enterrement n'était pas du meilleur goût, assurément ! Mais c'était tout de même bien le praticien qui était visé par la lettre anonyme, et le frère avait peut-être des raisons de l'accuser.

Il en était là de ses réflexions quand on frappa à la porte. Le docteur Dupuech revenait.

– Veuillez m'excuser, dit-il sur un ton bien élevé. Je n'aurais jamais dû m'emporter. C'est la tension nerveuse de ces derniers jours. Si vous voulez, je repasserai demain matin. Je serai reposé et nous pourrons parler autant que vous le voudrez. On pourra même téléphoner au notaire si vous le souhaitez...

Le commissaire principal se confondit en phrases polies.

– Une enquête de police, s'excusa-t-il, a du

mal à être parfaitement discrète... Les policiers sont bien obligés de faire leur métier...

– Je comprends, conclut le médecin, excusez-moi encore...

Il avait un drôle d'air, et Sylvio ne parvenait pas à le croire sincère. Il fut plus étonné encore lorsqu'il entendit le médecin demander un cliché du cimetière.

– Je vais le montrer à la femme d'entretien pour savoir si elle a remarqué des allées et venues récentes de ce visiteur dont elle ne savait sûrement pas qu'il était le frère de ma femme...

Sylvio bondit et prit un ton sirupeux pour protester.

– Mais non, docteur, laissez, je vais m'en occuper. Ce n'est pas à vous de mener cette enquête...

– Comme vous voudrez. Mais donnez-moi tout de même une photo.

Caillol hésita une seconde et, ne voyant pas pourquoi il refuserait, lui tendit un cliché. Le docteur l'examina et le mit dans sa poche..

– Merci ! Excusez-moi encore. Au revoir messieurs !

Caillol le laissa sortir et regarda Sylvio avec reconnaissance.

– Vous avez raison, passez-y tout de même cet après-midi.

La Portugaise n'hésita pas une seconde. Elle avait parfaitement reconnu le personnage qui était venu un moment accompagner le docteur Dupuech dans le cimetière. Cet homme à la canadienne, elle l'avait vu souvent passer dans le couloir de l'immeuble. Elle croyait qu'il allait chez le pédicure dont l'officine était au fond du jardinet. Jamais elle ne l'avait vu entrer dans l'appartement du docteur. Pourtant, c'était sûrement là qu'il allait !

– Quand l'avez-vous vu pour la dernière fois ?

– Le jour de la mort de la dame ! Mercredi dernier.

– Vous êtes sûre ?

– Absolument sûre !

Elle savait bien que, le mercredi, le docteur ne sortait pas. Or, ce mercredi-là, il était parti presque en courant, sa serviette à la main. Un moment plus tard, elle avait vu filer la silhouette de l'homme à la canadienne. Avec sa petite queue de cheveux, il était reconnaissable...

– Quand est-il ressorti ?

Là, elle ne savait plus. Elle avait dû aller préparer son dîner et elle ne pensait pas qu'il aurait été utile de surveiller l'immeuble aussi attentivement.

Ces réponses étaient exprimées dans un charabia inextricable et Sylvio n'avait pas le courage de continuer. Il remercia et s'en fut avec Antoine, stimulé par ce témoignage.

– Cette fois il n'y a plus de doute ! Le frère a dû donner la dose fatale à la pauvre Iris qui avait refusé ce qu'il lui demandait, et il a envoyé la lettre pour détourner les soupçons vers le docteur. Evident !

– Les évidences ne donnent pas les meilleures solutions, grinça Sylvio d'un ton sentencieux qui ne lui ressemblait pas.

Au commissariat, Sylvio s'isola pour faire son rapport pendant qu'Antoine annonçait qu'il avait une course à faire. Il revint, surexcité.

– J'ai trouvé quelque chose qui va te surprendre, s'exclama-t-il.

– Raconte !

Le téléphone l'empêcha d'entendre la réponse. C'était le patron qui voulait savoir où ils en étaient.

– On arrive !

Ils grimpèrent l'escalier quatre à quatre. Sylvio fit rapidement le point de la situation et laissa la parole au jeune policier qui piaffait d'impatience.

– Au cimetière, j'avais été frappé par la ressemblance entre Josette Volnay, l'infirmière, et Alice Massilio, la secrétaire. Elles se tenaient par le bras. Vous vous souvenez ?

– Oui, et alors ?

– Je suis allé à l'état civil, et j'ai trouvé. C'est la mère et la fille !

Sylvio éclata de rire.

– Ça alors ! C'est vrai qu'avec leurs mariages, les femmes changent de nom... Vous ne trouvez pas bizarre qu'aucune d'elles ne nous ait prévenus ?

Antoine jubilait.

– Attendez, j'ai mieux encore ! Le nom de naissance d'Alice Massilio, c'est Fabre. Elle est née Alice Fabre.

Sylvio fronça les sourcils.

– Attendez...Fabre...Fabre, mais c'est le nom de la vieille asthmatique.

– Exactement.

– Je comprends tout. La grosse dame qui fait office de gardienne m'a parlé de la fille et de la petite-fille...

Antoine triomphait.

– Alice et Josette. Le mécanisme est simple : elles appellent le docteur en urgence et préviennent Marius que la route est libre. Sa sœur va être seule. Sinon comment expliquer que celui-ci se soit pointé un mercredi après-midi, quand il sait que, normalement, le docteur n'a ni visite ni consultation ? Ce jour-là, il reste à son cabinet...

Sylvio était enchanté.

– C'est évident ! Le médecin ne pouvait refuser d'aller voir la mère de sa secrétaire en train d'étouffer...

Le commissaire principal les regardait avec un plaisir évident. La situation se clarifiait enfin.

– Bravo, les enfants ! Demain matin, vous faites, dans le même temps, une descente chez Alice et chez Josette. Vous en prenez chacun une pour qu'elles n'aient pas le temps de se prévenir. Je serais étonné que vous n'obteniez pas la véritable adresse du Marius en question ! Menacez-les un peu au besoin. Je vais voir le procureur pour lui raconter cette embrouille.

X

Le mardi matin, à l'heure du laitier, Sylvio sonnait à la porte du petit pavillon de Josette Volnay, où une nouvelle surprise l'attendait. La jolie blonde vint lui ouvrir, à peine revêtue d'une robe de chambre en nylon à la troublante transparence. L'étonnement la figea sur place. A peine eut-elle reconnu l'inspecteur qu'elle jeta un regard inquiet par-dessus son épaule, ce qui incita Sylvio à entrer sans attendre d'en être prié.

Il s'arrêta net, complètement ébahi, lui aussi. Le docteur Dupuech sortait de la chambre, en peignoir de bain, avec l'air d'un quidam qui vient de prendre sa douche. Les deux hommes restèrent face à face un moment, aucun des deux ne sachant quoi dire. Josette se reprit la première.

– Vous voulez prendre un café, inspecteur ? Il est tout chaud.

– Non merci ! eut du mal à articuler Sylvio.

Il était trop décontenancé pour faire des mondanités. Ce genre de situation était exactement ce qu'il ne supportait pas. Sa gêne lui était pénible et il en voulait au médecin de l'avoir mis dans une telle situation. Face à une bande de malfrats, il savait toujours comment réagir. La peur physique lui était inconnue. Elle laissait place à une froide détermination d'une redoutable efficacité. Mais le soudain tête-à-tête avec un suspect armé d'intelligence et de bonne éducation le laissait emprunté et conscient de l'être, ce qui est pire encore !

Ignorant le praticien, il se tourna vers la jeune femme.

– Je voudrais savoir si vous connaissez le moyen de joindre le dénommé Marius Carréga, frère de Mme Dupuech.

Elle haussa les sourcils.

– Comment le saurais-je ?

Sa voix haut perchée n'avait rien de naturel. Sylvio sentait revenir ses réflexes.

– Vous permettez que je jette un coup d'œil sur votre carnet d'adresses ? demanda-t-il d'une voix glacée.

– Je vous en prie...

Elle adressa au docteur un regard d'impuissance. Puis elle se dirigea vers un petit bureau bien rangé où trônait l'appareil téléphonique. Elle ouvrit et referma les tiroirs, jusqu'à ce qu'elle trouve un répertoire qu'elle tendit à l'inspecteur. Il le feuilleta scrupuleusement. Sans succès.

Puis il passa dans la chambre. Le lit était encore défait. Des sous-vêtements jonchaient le sol. Le costume du médecin était posé en vrac sur une chaise. Sur la commode, il aperçut un sac à main.

– Vous permettez? demanda-t-il poliment.

Il l'ouvrit et le vida sur la couverture. Il ne contenait rien d'intéressant.

A grands pas, il revint vers la cuisine où le petit déjeuner attendait. Le docteur était silencieux et semblait encore plus gêné que lui. Le grille-pain rejetant brusquement deux toasts le fit sursauter. Josette déposa le pain grillé dans une petite assiette sans faire de commentaires. Elle regardait tour à tour les deux hommes en se mordillant les lèvres.

– Excusez-moi de vous avoir dérangés, conclut l'inspecteur. Je m'en vais. Je connais le chemin.

Regagnant sa voiture, il resta songeur un moment. La situation avait été désagréable, certes, mais ce devait être pire pour le médecin ! Cette réflexion le réjouit et il se prit à sourire.

Il appela le service où Antoine venait d'arriver. Il rentrait de chez Alice Massilio, qui l'avait reçu fraîchement. La vieille secrétaire ne savait rien de plus sur la vie de ce Marius qu'elle méprisait. Elle ne connaissait que l'adresse de L'Estaque. Sylvio était déçu.

Ils se donnèrent rendez-vous à la cafète.

A cette heure-là, il y avait affluence. Ils s'installèrent côte à côte. L'inspecteur principal était impatient d'en savoir plus :

– Elle vous a parlé de ses liens de parenté avec l'infirmière ?

– Oui, sans aucune gêne. Elle n'a jamais eu l'intention de les cacher. Pourquoi l'aurait-elle fait ? Simplement, elle n'avait aucune raison de le crier sur les toits... Et on ne lui avait pas posé de question en ce sens.

– Si nous nous résumons, grommela Sylvio d'un air mauvais, nous sommes en présence d'une morte qui a peut-être été victime d'un meurtre. Mais l'hypothèse du Marius envoyé par les bonnes femmes ne tient plus. Autour du cercueil, il y a deux clans. D'un côté un médecin cauteleux avec Josette et Alice qui se taisent ou parlent pour ne rien dire. De l'autre, un tas de malfrats dont on ne sait rien. Lumineux !

Antoine éclata de rire avant de conclure :

– Et nous, on ne sait même pas ce qu'on cherche ! Une chose est sûre, le frangin est venu voir sa sœur juste avant sa mort. Ça, c'est du solide !

– Et la Josette... Elle avait intérêt à se débarrasser de la femme du médecin. C'est sans doute la première fois que notre sémillant toubib pouvait découcher en toute sérénité.

Sylvio fit sa grimace des mauvais jours avant de continuer :

– Moi, je vais te dire ! Ce bonhomme m'exaspère. Il est là à jouer les veufs outragés parce qu'on parle d'argent devant la tombe de sa pauvre épouse, et le soir même il va s'envoyer en l'air avec son infirmière. Antoine, ce type se fout de nous ! Je ne sais ni comment ni pourquoi, mais je le sens.

Ses yeux assombris lançaient des éclairs. Sa

bouche était pincée, son visage marqué d'un vilain rictus.

– Moi, je n'aime pas les médecins et celui-là, il ne va pas l'emporter au paradis, je te le promets !

– Tu as l'intention de faire quoi ?

– Je ne sais pas encore. Pour le moment, on va sillonner le quartier du sieur Marius. Il faut le retrouver celui-là ! Il a sûrement beaucoup à nous apprendre sur son respectable beau-frère.

Antoine le considérait avec étonnement.

– Je vais chercher les cafés.

Il revint un moment après avec les gobelets.

– Dis-moi, Sylvio ? Pourquoi en veux-tu tellement à ce toubib ? Il ne t'a rien fait.

L'inspecteur principal ne répondit pas immédiatement. Il semblait chercher ses arguments. Enfin il se décida à répondre sur un ton solennel inhabituel.

– Les médecins, Antoine, ce sont des gens qui tirent leur supériorité d'une aura qu'ils ne méritent plus. Autrefois, ils se dévouaient sans compter, ils s'épuisaient nuit et jour pour soulager le pauvre monde. On les respectait, à juste titre. Aujourd'hui, ils ferment leur cabinet à six heures et se mettent sur répondeur. En cas d'urgence appelez SOS. Le dimanche, personne. Noël, Jour de l'An, personne. Leurs malades, ils s'en foutent... Mais ils continuent à vous regarder de haut. Et nous, on n'a qu'à la fermer.

Il sembla prendre son élan avant de conclure :

– Tu sais pourquoi ils nous font peur ? C'est parce qu'ils sont habillés quand nous, on est à poil !

Sidéré par ce discours imprévu et violent, Antoine resta sans réaction tandis que Sylvio se levait et partait à grands pas vers la voiture.

Dans le petit port de pêcheurs, la mer était frangée d'écume et le ciel avait pris une teinte bleu marine. Un mistral glacé courbait les silhouettes. La propriétaire du meublé était derrière son bar, une cigarette aux lèvres. Elle regarda sans la reconnaître la photo du service anthropométrique. En revanche, les clichés de dos la firent rire.

– Ça, c'est bien M. Carréga ! Une coiffure comme celle-là, il n'y en a pas des masses... Mais sa photo de premier communiant, là, je peux vous dire qu'elle est pas ressemblante !

– Vous le connaissez depuis longtemps ?

– Il y a environ cinq ans qu'il loue cette chambre. Qu'il soit là ou pas, il paye ! Mais il ne me dit jamais quand il passera.

– Nous devons le retrouver. C'est dans son propre intérêt. Où peut-il être ?

La logeuse secoua négativement la tête. Ses cheveux décolorés et laqués lui faisaient comme un casque, figé, immobile. Les yeux plissés pour éviter la fumée de sa cigarette, elle regardait dans le vague, comme en proie à une intense réflexion. Mais son visage restait sans expression.

– Est-ce que je sais, moi ? C'est pas un bavard ! Allez voir chez Titin, au Tabac des courses, rue de Rome.

Elle avait un accent marseillais qui, par moments, s'exagérait. Puis elle prenait un parler pointu qui devait lui paraître chic.

– Autrefois, continua-t-elle d'un ton supérieur, il allait souvent dans ce bistrot. Depuis longtemps, il ne me dit plus ce qu'il fait... Je le vois si peu. Je vous le répète, à mon sens, il voyage...

Ils allèrent ainsi de tabacs en cafés, de restaurants en gargotes sans glaner le moindre indice. Sylvio ne décolérait pas.

– Je sais bien que le milieu n'est pas bavard, mais là, nous sommes dans le noir complet.

Ils rentrèrent au commissariat vers dix-sept heures et durent grimper illico chez Caillol qui les attendait. La découverte du médecin chez la belle infirmière le fit rire.

– Cette histoire n'a pas fini de nous étonner.

Changeant de physionomie, il prit un regard coquin :

– Justement, le docteur Dupuech vient de m'appeler. C'est bizarre, il ne m'a rien dit de votre rencontre matinale.

Ils rirent grassement tous les trois, ravis de cette bonne histoire d'alcôve. Le commissaire reprit son sérieux le premier :

– Figurez-vous qu'il a discuté, lui aussi, avec la femme d'entretien portugaise. Elle lui a confirmé la venue de Marius l'après-midi du décès. D'où son appel : il voulait m'avouer une chose qui l'avait surpris et qu'il n'avait pas osé nous raconter jusqu'ici. Le soir où il a découvert la mort de sa femme, il a fait une constatation troublante : sa réserve de morphine avait sérieusement diminué. Il n'a jamais compté les ampoules, mais tout de même, il a l'œil... Il s'était même demandé si sa femme, qui savait s'injecter des produits dans la perfusion, n'avait pas mis fin elle-même à ses jours. Elle n'en avait jamais manifesté l'intention, mais qui peut savoir ce qui se passe dans la tête de quelqu'un qui souffre.

Le commissaire prit un air entendu :

– Le fait que Marius soit passé cet après-midi-là vient de le faire changer d'avis. En ce moment, il serait presque prêt à porter plainte pour meurtre...

Il pointa l'index vers Sylvio :

– Le frère aurait-il eu un besoin d'argent plus urgent qu'à l'ordinaire ?

Il marqua encore un temps d'arrêt et reprit :

– Il y a une autre hypothèse, que personne n'a évoquée jusqu'ici. On peut se demander si cette visite de Marius chez un beau-frère qui aurait dû normalement être présent, et seul avec sa femme, n'était pas orientée, justement, contre le médecin...

Antoine se mit à rire.

– C'est marrant ! Dans un premier temps, nous avons pensé que les femmes étaient du côté de Marius. Voilà maintenant qu'elles sont du côté du toubib !

– Tout à côté même, intervint Sylvio, d'une petite voix, en regardant le plafond.

Le patron prit un air faussement choqué, eut un petit rire grinçant avant de reprendre :

– On peut aussi se demander si cette charmante infirmière n'avait pas, elle aussi, intérêt à activer le départ de Mme Dupuech vers un monde meilleur. Pour ces deux tourtereaux, la présence de la malade devait être une sérieuse gêne. Parce que, si j'ai bien compris, depuis qu'elle était si mal, il y avait l'un des deux à son chevet... Donc ils ne pouvaient guère être ensemble...

Sylvio triomphait :

– Vous y venez, patron ! Vous voyez que votre copain le toubib, il n'est pas aussi net que vous le pensiez !

– D'abord, ce n'est pas « mon copain ». Mais c'est vrai qu'il ne faut rien négliger.

Il eut un moment d'hésitation avant d'ajouter :

– J'aimerais tout de même commencer par dire deux mots au petit frère.

Sylvio se leva.

– Sans aucun doute ! Celui-là, il faut le trouver avant tout. Si vous êtes d'accord, patron, on diffuse immédiatement un avis de recherche et, dès ce soir, on ratisse.

Caillol acquiesça.

– Mettez les BAC sur le coup. A vous tous, s'il n'a pas quitté Marseille, vous devriez arriver à le coxer dans la nuit.

– Le problème, intervint Sylvio, c'est que personne ne connaît la tronche de ce gus. A moins d'arriver dans son dos et de voir le catogan en premier, on va avoir du mal à l'identifier. D'autant que des queues de rat comme la sienne, il y en a un paquet dans les mauvais quartiers ! En revanche...

Caillol attendait la suite. Il connaissait bien son inspecteur. Quand il esquissait ce sourire en coin, c'est qu'il avait une idée derrière la tête. L'autre, pour ne pas le décevoir, continua :

– J'ai pensé à un truc, patron. C'est peut-être risqué, mais, avec un peu de chance... Voilà ! Ce soir, on pourrait emmener le toubib avec nous. Il est le seul à pouvoir identifier son beau-frère.

Devant la moue dubitative du commissaire, il poursuivit :

– Après tout, il est pas clair, ce mec ! Il couche avec l'infirmière qui s'occupe de sa femme, et il joue les offusqués. Il se fout un peu de nous, vous ne trouvez pas ? Il n'y a pas de raison de le ménager ! Une petite nuit de recherche lui fera les pieds. Sans compter que, de nous tous, c'est quand même lui qui est le plus intéressé par le résultat du jeu...

Caillol éclata de rire.

– J'ai l'impression que vous ne l'aimez pas beaucoup !

Sylvio se drapa dans sa dignité, tandis qu'Antoine le regardait intensément.

– Je n'ai pas à l'aimer ou à ne pas l'aimer. Je ne suis pas là pour ça ! Je trouve qu'il a une attitude ambiguë et ça ne me plaît pas, c'est tout ! Cela dit, le problème n'est pas là. On cherche Marius. Ce type n'a sûrement pas la conscience tranquille, sinon il ne se serait pas barré du cimetière comme il l'a fait. Le docteur Dupuech est le seul à savoir à quoi il ressemble. Il est normal qu'on lui demande de nous donner un coup de main ! Voilà ! C'est vous qui décidez.

– On ne peut pas le forcer. Mais je vais le lui proposer. C'est entendu.

XI

Il faisait déjà presque nuit quand les policiers en cohorte sortirent du commissariat pour monter, trois par trois, dans les voitures banalisées des brigades anticriminalité. Celle de Sylvio était une R19 bleue.

Pour l'occasion, le docteur Dupuech avait choisi une veste de chasse trois-quarts et un chapeau de feutre vert. Il ressemblait à un chasseur. Dans ce contexte il était un peu ridicule, et il s'en rendit compte.

Le temps s'était remis au sec grâce à un mistral maintenant bien établi et piquant de froid. Le ciel dégagé scintillait. Sylvio se sentait guéri et heureux de l'être. Il aimait ce vent qui exalte les uns et déprime les autres.

Au docteur, il présenta Fernand, le chauffeur. Une montagne de chair qui devait mesurer un mètre quatre-vingt-dix et peser plus de cent kilos. Il s'assit à côté de lui, tandis qu'Antoine s'installait derrière avec Dupuech, engoncé dans sa grosse veste, son chapeau sur les genoux. La voiture démarra aussitôt, tandis que Sylvio prenait la radio de bord.

– De BAC 01 à Mélina, nous sommes en route.

– De Mélina à BAC 01, rien à signaler pour le moment, je vous reçois cinq sur cinq.

– Nous allons vers la Plaine.

– OK ! Terminé.

La voiture s'infiltra dans la circulation et commença à rouler tranquillement dans les embouteillages du soir.

– Qui est Mélina ? demanda le docteur à voix basse.

Antoine répondit sur le même ton :

– On ne donne jamais de nom. Mélina, c'est notre PC radio.

Amusé, le docteur hocha la tête mais resta silencieux. Les policiers scrutaient l'environnement sans faire de commentaires.

Aux environs de la gare Saint-Charles, une population bigarrée grouillait dans les rues étroites et tortueuses. Une foule oisive entourait les bistrots colorés et bruyants, alternant avec les épiceries mozabites et les marchands de fringues. Comment trouver un homme dans cette cohue ?

Ils tournèrent ainsi pendant une bonne heure. Le soir tombait. Arrivés à la Porte d'Aix, ils commençaient à en faire le tour quand le chauffeur fit remarquer, derrière un bouquet d'arbres, un groupe de trois maghrébins qui discutaient au centre du petit parc situé près des derniers mètres de l'autoroute.

– OK ! On stoppe, commanda Sylvio.

La R19 s'immobilisa discrètement et les trois policiers descendirent, partant chacun dans une direction différente pour encercler le trio qui n'avait rien remarqué. Fernand fut repéré le premier par l'un des trois hommes, et instantanément le groupe se mit en marche dans la direction opposée. Ils ne tardèrent pas à voir Sylvio qui arrivait face à eux, puis Antoine qui venait de sous les arbres. Ils s'arrêtèrent, hésitèrent mais restèrent sur place, soudain figés et silencieux.

Sylvio s'avança seul jusqu'à eux, sa carte à la main, les deux autres policiers restant à faible distance. Il leur demanda leurs papiers. Pleins de bonne volonté, tous trois fouillèrent leurs poches et durent constater, avec désolation, qu'ils les avaient oubliés. Fernand revint vers la voiture et appela le commissariat de l'Évêché, spécialisé dans les arrestations nocturnes. Un quart d'heure plus tard, un car de police débouchait sur la place et embarquait les trois hommes.

Sans faire de commentaires, Fernand reprit le volant.

– Ils avaient fait quelque chose de mal? demanda le docteur, perfide.

Sylvio se retourna.

– Plusieurs attaques de voiture ont eu lieu sur cette fin d'autoroute. Un type se couche sur la chaussée. Un brave automobiliste stoppe et descend. Trois autres gus se précipitent, l'assomment et se barrent avec sa bagnole... Chaque fois, c'étaient des types qui s'étaient planqués dans ce petit square. Alors nous avons décidé de rendre l'endroit insalubre pour d'éventuels délinquants.

– Ces trois-là, ils pouvaient avoir réellement oublié leurs papiers d'identité.

Sylvio répondit du même ton calme :

– Non! Ils savent que des patrouilles contrôlent tous ceux qui sont trouvés dans des lieux isolés. Maghrébins ou pas. Ceux-là sont des immigrés en situation irrégulière qui vivent de petite délinquance ou de trafic de drogue. Vous avez vu qu'ils étaient habillés de façon très convenable...

– L'un d'eux avait même un survêtement de marque, intervint Antoine.

– Or ils n'ont pas de travail, pas de domicile avoué, pas de ressources officielles. Comment croyez-vous qu'ils se procurent l'argent pour faire de telles dépenses ?

Le docteur se tut. La voiture revenait dans des rues étroites où le nombre des passants augmentait. Là encore, la population maghrébine dominait. Plusieurs s'écartaient à la vue de la R19.

– Vous changez souvent de voiture ? demanda le docteur de ce ton ironique qui agaçait l'inspecteur.

Sylvio ricana.

– Jamais ! C'est vrai que les habitués doivent nous repérer. Ce n'est pas grave. Notre présence est gênante, c'est une mesure de prévention !

Ils continuèrent à tourniquer dans les rues durant une heure, scrutant les trottoirs, écoutant le grésillement des radios qui conversaient avec les uns et les autres. Soudain une annonce les fit sursauter.

– « Rue Saint-Savournin, on signale un casseur qui vient de fracturer la porte d'une Golf noire. Je répète... »

– C'est juste derrière, cria Fernand, on y est dans une minute.

– De BAC 01 à Mélina, cria Sylvio dans le micro, on y va !

L'énorme chauffeur, le dos voûté, semblait tenir le volant pour un jouet d'enfant tant il l'écrasait de sa masse. Mais sa conduite était un prodige d'adresse et de vélocité. Slalomant entre les véhicules en stationnement plus ou moins régulier, il prit le dernier virage sur les chapeaux de roues avant de lâcher l'accélérateur pour descendre la rue au point mort. La voiture paraissait glisser en silence vers sa proie.

– Une Golf noire, à vingt mètres, avec un type qui se planque...

Derrière le volant de la Volkswagen une silhouette glissait vers le bas. On ne voyait plus que l'arrondi du crâne apparaissant sous le volant. Malgré lui, le docteur était passionné. Il retenait son souffle. La voiture s'arrêta au-delà de la Golf pour empêcher une fuite éventuelle, et les trois policiers jaillirent, l'arme au poing, entourant le véhicule. Antoine, dans la meilleure tradition policière, était face au pare-brise, le revolver tenu à deux mains, les bras tendus à hauteur du visage. Fernand alla directement vers la portière gauche, qu'il ouvrit avec une incroyable rapidité. Du même geste il arracha le passager en le tirant par le col et le précipita au sol dans un bruit de ferraille. Sylvio surgit au même instant, collant le canon de son arme sur le cou du voleur. Fernand lui replia les bras dans le dos et le docteur entendit le claquement métallique des menottes.

Brusquement, le film sembla passer au ralenti. Ils redressèrent l'homme et le remirent sur ses pieds. Fernand, l'œil hilare, lui épousseta les revers, puis le palpa à la recherche d'une arme. Les poches étaient vides. Pas le moindre papier d'identité.

– Ça va ? lui demanda Sylvio, comme s'il s'agissait d'une rencontre fortuite.

– Qu'est-ce qui vous prend ? répliqua-t-il, reprenant ses esprits. Vous êtes cinglés ou quoi ?

Fernand s'exclama, toujours aussi souriant.

– Qu'est-ce que tu foutais dans cette voiture ?

– Je dormais.

Devant l'air narquois du policier, il répéta, avec un fort accent d'Europe centrale :

– Parfaitement, je dormais. Pourquoi, c'est interdit ? Elle était ouverte, cette caisse. Je me suis mis dedans. Ça ne fait de mal à personne. Vous savez pas ce que c'est, vous, d'être sans toit...

– Tu vas me faire pleurer !

Fernand ramassa par terre un marteau et un burin qui étaient tombés au moment où il avait sorti le voleur de la voiture. Il les lui brandit sous le nez. Il ne souriait plus.

– Et ces outils, tu les tiens dans tes bras pour t'endormir ? C'est pourtant pas des peluches...

L'autre prit un air étonné.

– Qu'est-ce que c'est que ces trucs-là ? Je les ai jamais vus...

Antoine revint vers la R19 et prit la radio de bord pour prévenir le PC de l'arrestation. Le médecin était médusé. Le jeune policier se pencha vers lui :

– Il a fracturé la serrure avant droite pour entrer, expliqua-t-il. Je suppose que l'un des habitants de l'immeuble d'en face l'a entendu puis a appelé la police. Le mec avait déjà eu le temps de neutraliser l'alarme, de casser la colonne et il en était à dénuder les fils du Neimann. Trois minutes plus tard, la voiture était envolée ! Il faut faire vite avec ces gars-là, des vrais champions !

Il y avait une petite note admirative dans la voix du jeune inspecteur, qui semblait considérer son métier comme une sorte de jeu.

Ils firent monter le voleur à l'arrière, entre Antoine et le docteur. C'était un petit homme brun et frisé, avec un visage d'une grande banalité. De ces gens que personne ne remarque jamais. La voiture se remit en route. Sylvio se retourna :

– Quand on les prend sur le fait, précisa-t-il à l'intention du médecin, il faut être rapide et brutal pour ne pas leur donner le temps de faire une bêtise. L'effet de surprise est essentiel.

Il fit à l'homme un large sourire bonhomme.

– Ensuite, vient le moment des civilités. N'est-ce pas « môssieur » ?

Le voleur se borna à hausser les épaules et détourna le visage vers la rue.

A l'Évêché, il y avait foule. De nombreuses voitures policières étaient garées un peu n'importe comment devant la lourde grille surveillée par un gardien en uniforme.

– Il y a du monde ! constata le médecin étonné pendant que Fernand et Sylvio descendaient pour récupérer leur prisonnier.

Antoine se pencha à l'intérieur de la voiture.

– Normal. Plusieurs équipes tournent en même temps.

Un peu plus loin, trois hommes, en civil également, s'éjectaient d'une voiture officielle marquée « Police ».

– Ça c'est BAC 03, expliqua Antoine à mi-voix. Ils ont cassé leur bagnole, alors ils ont été obligés de prendre une « sérigraphiée », ils sont furax. Ne restons pas là. Vous venez prendre un café, docteur ? offrit-il, très convivial.

Philibert Dupuech hésita puis sembla se résigner. Il sortit de la voiture où il commençait à s'enkyloser et les suivit à l'intérieur.

– La nuit, tout est centralisé ici. Il y a un commissaire qui réceptionne les délinquants mis en garde à vue et les remet au Parquet le lendemain matin. Nous n'avons à faire que le PV d'interpellation et la fouille à corps.

Ils mirent des pièces dans le distributeur pendant que le voleur était poussé dans un petit local fermé par une grille. Dupuech remarqua qu'une caméra de surveillance était accrochée au plafond du couloir. Quelqu'un devait avoir les nouveaux arrivés à l'œil. Toute cette mise en scène l'agaçait. Il se tourna vers Antoine, un peu aigre.

– Excusez-moi, mais je croyais que nous étions partis à la recherche de mon beau-frère...

Antoine regarda sa montre.

– Il est à peine neuf heures. Les bistrots commencent juste à se remplir. On va les faire un par un... Ne vous bilez pas ! L'OPJ tape le PV et on y va.

– L'OPJ ?

– L'officier de police judiciaire. Pour nous, c'est Sylvio.

– J'espère qu'il tape vite !

Rieur, Antoine mima son supérieur tapant à deux doigts.

– On fait c'qu'on peut !

Le docteur hocha la tête et soupira, convaincu que tout le monde se liguait pour lui faire perdre son temps... Flegmatique, il alla s'installer sur un banc dans le couloir et observa l'agitation policière. Il vit passer une douzaine de tristes bougres, menottés, encadrés de policiers en civil ou en uniforme. Ils étaient d'abord enfermés dans la cage, puis ressortis et dirigés vers une pièce minuscule pour la fouille. Dans l'entrebâillement de la porte, on apercevait, par instant, la pauvre silhouette de ces hommes soudain mis à nu. Que leur réservait l'avenir ?

Dans une salle plus grande, les inspecteurs tapaient, sur des machines antiques et bruyantes, d'interminables procès-verbaux en de multiples exemplaires, puis inventoriaient les résultats de la fouille. Les prisonniers, l'air las, signaient les documents et retournaient vers la cage où patientaient leurs congénères.

Affalé sur un coin de banc, un pochard cuvait son vin dans un ronflement sonore et malodorant. Un adolescent, les yeux hagards, était assis par terre.

Sylvio et ses deux acolytes revinrent enfin, l'air serein, avec la démarche lente des travailleurs nocturnes. Au moment de sortir, ils s'effacèrent pour laisser passer un nouvel arrivage. Le docteur n'en croyait pas ses yeux. Antoine murmura :

– Et encore, il n'y a qu'les flags...

– Pardon ?

Le médecin n'avait pas compris.

– Ce ne sont que les flagrants délits de la nuit, précisa l'inspecteur principal.

XII

La R19 reprit le chemin des quartiers chauds et Sylvio se retourna, l'air soucieux.

– Écoutez-moi bien, docteur. Voilà comment nous allons procéder. Dans chaque troquet, Antoine entrera comme s'il cherchait quelqu'un. C'est le moins connu de nous trois. S'il a un doute sur l'un des consommateurs, il reviendra vous chercher et vous entrerez à votre tour.

Devant la mine désagréablement surprise du médecin, Sylvio précisa :

– Ne vous inquiétez pas. Fernand et moi, nous serons derrière vous et il ne vous arrivera rien. Si vous voyez Marius, vous n'aurez qu'à lui adresser la parole. Nous interviendrons immédiatement.

Philibert Dupuech eut un regard glacé pour

ce petit inspecteur qui le manipulait avec un plaisir presque sadique. Il était entré dans une dangereuse mécanique et il n'avait plus aucun moyen de s'en sortir, à moins de passer pour un pleutre. Il se tut et détourna les yeux vers la circulation qui s'amenuisait.

La voiture s'immobilisa plusieurs fois, et le même scénario se renouvela, sans que le jeune Antoine ne revienne le chercher. Le docteur s'ennuyait.

Puis il y eut une alerte. Antoine fit le signe convenu.

– Allez-y, commanda Sylvio, et ne nous cherchez pas du regard. Nous serons à portée de voix.

Peu rassuré, Dupuech poussa la porte d'un café maure comble et enfumé. Une musique arabe jouait en sourdine, couverte par un épais brouhaha d'intonations rocailleuses. Le silence se fit quand il s'approcha du comptoir.

– Un café, demanda-t-il d'une voix à peine perceptible.

Antoine était un peu plus loin, en train de siroter une boisson gazeuse d'un joli rose orangé. A sa gauche, un type ventru portait un catogan de cheveux noirs, mais ce n'était pas Marius. Ils avalèrent leurs consommations et sortirent, presque en même temps.

Sylvio et Fernand les surveillaient au travers de la vitre.

– Excusez-moi, dit Antoine. Je pensais bien que ce n'était pas notre homme, mais c'était l'occasion de faire une répétition.

– Quelle bonne idée ! grinça le toubib.

– Ne vous fâchez pas...

– Vous vous servez de moi comme appât et je devrais trouver ça drôle...

Sylvio eut son habituel sourire narquois. C'est vrai qu'il s'amusait. Et alors ? Le bon docteur, avec son infirmière, il ne s'amusait pas peut-être ?

– Un appât très protégé ! fit-il remarquer. Vous ne courez aucun danger.

– Dieu vous entende !

Il était près de trois heures du matin quand ils eurent une nouvelle émotion. C'était un café minuscule, rue Santini, juste derrière la Joliette. Le docteur s'en voulait d'avoir choisi une tenue aussi bourgeoise, alors que les policiers, vêtus de blousons, de jeans et de chaussures de tennis étaient plus dans la couleur locale. On les distinguait à peine de la clientèle des habitués du quartier, alors qu'il était repérable à cent lieux à la ronde.

Soudain Antoine fit un geste de la main. Il

mit le pouce en l'air et fit signe au médecin de le suivre.

Dupuech sortit de la voiture et se dirigea lentement vers le troquet. Il entra dans une salle exiguë où des joueurs de cartes occupaient les deux tables du fond. La présence maghrébine était peu importante. Mais les hommes accoudés au bar avaient de vraies têtes de brigands.

Dupuech, mal à l'aise, commanda un café à un garçon au visage marqué de boxeur, qui le regarda longuement avant de se retourner vers le percolateur. Antoine était à côté de lui. A mi-voix il murmura :

– Il vient de sortir vers les toilettes.

Par chance, Dupuech pouvait voir la porte marquée « WC » dans la glace du bar, au travers des bouteilles. Lentement il dépiauta son morceau de sucre, le laissa tomber dans le café et se mit à faire tourner sa petite cuiller. L'œil apparemment dans le vague, il surveillait dans la glace les mouvements des consommateurs.

La porte s'ouvrit. Ce n'était pas Marius ! Le docteur regarda Antoine en secouant négativement la tête. Il jeta une pièce sur le comptoir et ils sortirent tous les deux.

Dans la voiture, la déception et la lassitude commençaient à se faire sentir. Cette fois, le jeune policier y avait cru !

– On va jamais y arriver, bougonna Fernand.

– Allez, on roule, ordonna Sylvio, vous pleurerez une autre fois.

La voiture reprit sa ronde. Elle tournait depuis une demi-heure quand la radio grésilla :

– De Mélina à BAC 01, appel de Romarin 40.

Sylvio prit le micro :

– BAC 01, j'écoute.

– Romarin 40 demande l'autorisation de passer sur canal Archives.

Sylvio tourna un bouton.

– De BAC 01 à Romarin 40, j'écoute.

– Ici Romarin 40. Où es-tu ?

– Vieux Port.

– On se retrouve au carrefour Rome-Canebière dans trois minutes. OK ?

– OK !

Fernand fit un véritable demi-tour sur place et repartit en direction de la Canebière.

Le docteur Dupuech tourna la tête vers Antoine pour quêter une traduction de cette conversation énigmatique. Le jeune policier expliqua, avec sa gentillesse habituelle :

– Romarin 40, c'est l'inspecteur principal Franck Martinaud, le patron de la brigade des bars. C'est lui qui s'occupe des jeux. Comme il voulait nous parler sans que toutes les voitures soient au courant, il a demandé à passer sur un canal privé : Archives. Et il nous a donné rendez-vous à l'angle de la rue de Rome. Tenez, il est là-bas !

Fernand immobilisa la R19 derrière une Citroën ZX noire.

Sylvio descendit et s'approcha d'un petit homme au regard joyeux derrière des grosses lunettes d'écaille.

– Salut, Sylvio.

– Comment ça va, Franck ?

– Ça va pas mal. Dis donc, je viens d'apprendre que tu cherches Marius-les-Brèmes ?

– Carréga ?

– Ouais !

– Et alors ?

– Je sais où il est !

– Génial ! Tu me le donnes ? C'est pour une histoire de meurtre.

Le chef de la brigade des jeux sembla hésiter une seconde.

– Il est dans un rade de la rue Thiers, derrière le cours Julien. Le Blue Bird. Il flambe dans la salle du fond. Fais gaffe, ses partenaires ne sont pas des enfants de chœur...

– Merci l'ami, je te revaudrai ça !

– J'espère bien ! Salut, et bonne chance !

Les deux hommes regagnèrent leur véhicule. Fernand vira sur place et partit à toute vitesse dans la direction indiquée.

– Il vous a donné des informations ? demanda le docteur d'une voix blanche.

– Oui ! Martinaud est un vieux pote qui dirige la brigade des jeux. J'ai commencé avec lui... Nous nous sommes rendu pas mal de services... Il m'a dit où se trouve Marius Carréga.

Le docteur Dupuech sentit sa gorge se serrer.

La voiture ralentit aux abords de la rue où la boîte se signalait de loin par un superbe oiseau lumineux d'un bleu turquoise agressif. Elle s'immobilisa en bas du cours Julien. Les policiers devaient laisser leur voiture assez loin à cause de la zone piétonne. Les quatre hommes se mirent en marche à bonne distance les uns des autres. Antoine allait devant, Dupuech suivait avec Sylvio, une dizaine de mètres en arrière, et Fernand se tenait sur le trottoir d'en face.

Sylvio avait l'air enchanté. Il répéta au docteur comment allait se dérouler la manœuvre.

– Cette fois, c'est sérieux. Antoine passe le

premier, et fait le repérage. Une minute après, c'est vous qui entrez. Vous allez jusqu'au bar. Nous, on vient ensuite. Attention, tout en douceur. OK ?

Le docteur Dupuech avait perdu ses bonnes couleurs. Cette fois, il se sentait parvenu à la minute de vérité. Il inclina la tête et essaya de répondre, mais il s'aperçut qu'il n'avait plus de voix...

Ils arrivèrent devant le Blue Bird. Antoine, tout guilleret, entra dans le bistrot, laissant voir que la salle était comble. Pour se détendre, Dupuech partit d'un pas qu'il voulait énergique vers le haut de la rue en regardant sa montre. Au bout de trente secondes, il s'arrêta net, fit demi-tour et revint du même pas. Face à la porte il respira un grand coup. Puis, sans hésiter, il entra dans le café.

Il vit Antoine, comme d'habitude, debout au bar, mais noyé dans une masse de consommateurs. Il s'approcha à son tour et commanda le sempiternel café. Le serveur, un gros homme aux paupières lourdes, le regarda à peine.

Antoine reposa son verre de bière auquel il avait à peine touché, mit une pièce sur le comptoir et s'en alla vers la cabine téléphonique à l'extrémité de la salle. Dupuech, étonné, le vit, de loin, faire un numéro. Il comprit quand il entendit sonner l'appareil situé à l'angle du comptoir.

Le barman décrocha. Il écouta un instant, puis répondit, avec l'amabilité d'un bouledogue :

– C'est pressé ?

Il attendit un instant et conclut :

– Ne quittez pas, on va le chercher.

Puis, à l'intention d'un serveur qui passait dans la salle, il cria :

– Julien, on demande « Monsieur » Marius au téléphone.

Il reposa le combiné sur le comptoir tandis que le garçon s'éloignait vers le fond de la salle. Dupuech vit alors Antoine raccrocher son appareil, quitter la cabine et se rapprocher du bar pour se poster devant une affiche donnant le programme des cinémas de Marseille.

Le garçon revint et, derrière lui, une seconde plus tard, Marius apparut. Dupuech ne broncha pas, le coude sur le comptoir. Placé comme il était, il surveillait le fond de la salle sans en avoir l'air. C'était bien le mufle rougeaud de ce voyou qu'il devait supporter depuis tant d'années. Avec son front dégarni et ses cheveux tirés en arrière sur les tempes, retenus sur la nuque par un élastique, il avait une allure grotesque. Roulant ses épaules de lutteur, il marchait en se dandinant, un peu comme les ours de foire. Il approchait du comptoir. Dupuech se retourna d'un bloc pour lui faire face. L'autre s'arrêta, stupéfait.

– Tiens, qu'est-ce que tu fous là toi ?

– Je suis venu te voir ! Ça t'ennuie ?

– Me voir ? Je peux savoir pourquoi ?

Il avait baissé la tête et regardait son beau-frère par en dessous, d'un air méfiant. Dupuech hésita une fraction de seconde avant d'articuler bien distinctement :

– Parce que c'est fini, Marius ! Cette fois tu vas devoir payer pour tout ce que tu as fait. A moi et à ma femme.

L'autre devint écarlate. Avant que Dupuech ait pu esquisser le moindre geste de défense, il l'attrapa par les revers de sa veste et l'attira près de lui.

– Qu'est-ce que j't'ai fait, moi ? Hein ? Tu vas voir qui c'est qui va payer ! Fumier !

Sylvio surgit derrière le médecin et cria.

– Lâche-le ! Police ! Personne ne bouge !

Le silence s'abattit sur la salle. Les trois policiers étaient figés, prêts à intervenir. Le truand, les yeux exorbités, regarda autour de lui. Il ne lui fallut pas longtemps pour repérer Antoine et Fernand. Il eut un vilain rictus et fixa de nouveau son beau-frère, comme s'il avait encore quelque chose à lui dire.

Personne n'aurait pu prévoir la rapidité de ses réflexes. D'un seul geste, il projeta le médecin sur Sylvio, les précipitant tous les deux en arrière dans un enchevêtrement de tables et de chaises renversées avec fracas.

Ce fut le signal d'un énorme brouhaha. Fernand, depuis la porte, essaya de s'approcher mais buta sur la masse des clients qui reculaient en désordre vers la sortie. Marius bouscula les consommateurs qui le séparaient d'une autre porte située derrière le bar, et, avec une incroyable célérité, s'y engouffra avant qu'Antoine, gêné aussi par la bousculade, ait eu le temps de l'en empêcher. On entendit une clé tourner dans la serrure au moment même où le jeune policier saisissait la poignée. Et la lumière de la salle s'éteignit.

De toute part, des cris fusèrent, avec des bruits de verres cassés. Sylvio et Dupuech se relevèrent sans trop de mal, malgré quelques coups de pieds malveillants qu'ils ne purent éviter.

– Venez vite, lança Sylvio par-dessus le

vacarme en tirant le médecin par la manche. Il faut sortir de là !

Et changeant de ton, il gueula :

– Police ! Personne ne bouge, nom de Dieu !

La bousculade s'intensifia devant les policiers impuissants. Ils durent encore jouer des coudes pour parvenir à se retrouver dehors en même temps que d'autres individus qui en profitaient pour fuir au pas de course. En quelques secondes, le café se vida comme par enchantement.

La lumière de la rue permettant de voir distinctement à l'intérieur, Sylvio y entra de nouveau au moment où Fernand, d'un magistral coup de pied, parvenait enfin à enfoncer un panneau de la porte. Celle-ci se trouvant derrière le bar, il n'avait pas d'élan et il devait s'arc-bouter pour ouvrir à coups répétés un passage où se faufiler.

Le barman, qui devait être le patron, le regardait faire, impassible, sous la surveillance d'Antoine qui ne le quittait pas des yeux.

– Je vous signale que c'est « ma » porte que vous démolissez ! grogna l'homme aux paupières lourdes.

– Où mène ce couloir ? demanda Sylvio d'un ton menaçant.

– A la cuisine et à la cave.

– Il y a une sortie par-derrière ?

– Non... La cour n'a pas d'issue.

Dès que le passage fut assez large, Antoine s'y glissa et s'enfonça dans le couloir, tandis que Sylvio continuait à surveiller le patron. Le docteur était resté prudemment sur le trottoir.

Soudain on entendit Antoine pousser un hurlement.

– Arrêtez, police !

De la rue, le docteur s'attendait à entendre des coups de feu. Il fut déçu. Mais à partir de ce moment-là, tout alla très vite.

Antoine ressortit du couloir.

– Vite, il faut faire le tour. Il avait une voiture planquée dans la rue derrière la cour, il a sauté le mur. On va le rattraper.

Le premier, Fernand ressortit dans la rue en courant. Il agrippa le docteur au passage et l'entraîna vers la voiture. Sylvio hésita pendant une fraction de seconde. Il mit son doigt sous le nez du patron et aboya :

– Toi, tu peux préparer tes vacances ! Demain, ton rade, il est fermé pour trois mois, connard ! Ça t'apprendra à te foutre de notre gueule !

Laissant le gros homme interloqué, il s'échappa à la hâte.

– Il a sauté, mais j'ai vu partir une Mercedes 220 blanche ! lui cria Antoine. Je suis prêt à jurer que c'est lui.

Au pas de course, les quatre hommes dévalèrent le cours Julien vers la R19 et s'y engouffrèrent. Fernand démarra comme une fusée tandis que Sylvio prenait la radio de bord pour appeler les autres BAC à la rescousse. Il colla le gyrophare sur le toit et brancha la sirène.

– Cette fois, murmura Dupuech, on est vraiment en plein cinéma !

Il chercha derrière lui la ceinture de sécurité et la verrouilla avec difficulté tant ils étaient ballottés dans les virages incessants.

– Pourquoi n'avez-vous pas fait usage de vos armes ? demanda-t-il à Antoine.

– Nous n'étions pas menacés ! Tant que personne n'a sorti de flingue, le risque de bavure est au minimum...

Le médecin ne paraissait pas convaincu.

– N'empêche que vous l'aviez à portée de main...

Antoine le regarda sans répondre puis se concentra sur le spectacle des rues qui défilaient. Fernand, on le voyait bien, était dans son élément. Il connaissait Marseille comme sa poche et s'y dirigeait sans la moindre hésitation.

Soudain ils débouchèrent sur l'avenue de la République. Antoine cria :

– Il est là-bas !

A trois cents mètres environ, une Mercedes blanche slalomait au milieu des voitures, heureusement rares à cette heure. Fernand accéléra furieusement. Dupuech se redressa pour distinguer le compteur. Ils roulaient à 120 kilomètres à l'heure. Il se cala en arrière sur la banquette, saisit la poignée au-dessus de la portière, mit ses pieds bien à plat sur le plancher, enfonça ses genoux dans le siège de devant et, les yeux fermés, attendit avec calme l'accident qui ne pouvait manquer de survenir.

Sylvio ne lâchait pas sa radio et envoyait des informations à ses collègues qu'il ne voyait pas encore mais qui, également, s'étaient mis en chasse.

Le médecin n'aurait pu dire combien de temps dura la poursuite. Trop occupé à survivre dans cette voiture lancée à une vitesse affolante, il tenait ses paupières crispées, attendant l'inévitable choc, quand il sentit les freins se bloquer dans un crissement de pneus. Fernand venait à peine d'immobiliser la R19, qu'une énorme explosion secoua la carrosserie.

Ils descendirent tous et restèrent suffoqués

devant l'immense flamme qui montait d'un camion-citerne sous lequel la Mercedes s'était encastrée. Ils durent reculer tant la chaleur devenait insupportable. Les inspecteurs de deux autres voitures vinrent les rejoindre. Essoufflé, l'un d'eux expliqua, s'excusant presque :

– C'est quand il a vu qu'on allait lui couper la route qu'il a obliqué vers l'entrepôt. Le camion-citerne était en train d'alimenter la station-service et il n'a pas pu l'éviter. Le livreur a eu de la chance de pouvoir s'écarter avant l'explosion.

– Pourvu que les cuves ne soient pas touchées, murmura Sylvio. On ferait peut-être mieux de s'éloigner.

Une sirène de pompiers se fit entendre au loin.

XIII

Dans la voiture, la radio appelait.

– De Mélina à BAC 01. Je répète...

Sylvio arriva en courant.

– BAC 01, j'écoute.

– Vous revenez au central, on vous y attend.

Les quatre hommes se rassirent et Fernand reprit le volant comme si de rien n'était. La voiture bondit vers le boulevard quasi désert. Antoine demanda :

– Qui est-ce qui appelait ?

Sylvio se retourna :

– L'Évêché. On nous demande de rentrer. J'en sais pas plus.

Ils y furent en quelques minutes. Dans le couloir, un homme de la quarantaine au visage sévère et qui ressemblait à un instituteur vint au-devant d'eux.

– Salut, Ferrier. C'est toi qui nous as appelé ?

– Oui, Sylvio ! J'ai du nouveau pour toi !

Il leur fit le compte rendu des informations récoltées la nuit même après l'arrestation du voleur de voitures qui se disait bulgare. Celui-ci avait avoué s'être engagé à livrer la Golf volée dans un hangar près de la gare maritime. Il en avait donné l'adresse, en échange de vagues promesses d'indulgence.

Les policiers étaient intervenus sans attendre. Sur place, ils avaient découvert trois autres voitures dont les numéros avaient déjà été maquillés. Un Italien complètement ahuri, qui semblait monter la garde, avait été expédié sur-le-champ à l'Évêché. Dans le bureau du hangar, ils avaient trouvé une note d'EDF sur laquelle une main anonyme avait écrit au crayon un nom : Carréga.

– C'est bien le type que vous cherchez...

– Ouais ! Très intéressant. Où il est, ton Italien ?

L'inspecteur fit sortir de la cage un petit homme rond presque chauve, volubile et nerveux. Il proférait un flot d'injures dont le ton menaçant ne faisait aucun doute. Sylvio l'attrapa par le col de sa veste, le souleva du sol et le plaqua contre le mur avec une force que personne ne soupçonnait.

– Ta gueule ! Où est Marius ?

– Quel Marius, je ne connais pas de Marius, moi !

– Carréga ! Tu ne connais pas ?

L'Italien ne put masquer sa surprise. Un éclair de panique traversa son regard. Sylvio crut qu'il allait parler, mais il se reprit vite :

– Carréga, Carréga, j'en ai rien à foutre, moi, de votre Carréga. Je ne sais même pas qui sait !

– Mais c'est un nom qui te dit quelque chose, n'est-ce pas ?

– Puisque je vous dis que je ne sais même pas qui c'est !

Sylvio lacha le gros homme dont le front s'était couvert de sueur.

– On se reverra ! Tu ne perds rien pour attendre.

Puis il se retourna vers son collègue :

– Merci. On va aller voir sur place.

Le médecin avait suivi la scène, plus intéressé qu'il ne voulait bien le montrer. Il interpella Sylvio, qui semblait l'avoir oublié :

– Excusez-moi, inspecteur, mais je trouve que, pour ce soir, c'est suffisant. Si vous n'avez plus besoin de moi...

Sylvio lui lança un regard quelque peu méprisant et répondit sur un ton faussement respectueux :

– L'inspecteur Ferrier va vous faire raccompagner dans un de ses véhicules, cher docteur. Je vous remercie de votre franche collaboration !

Et il lui tourna le dos. Les trois policiers partirent au pas de course vers leur voiture, qui plongea de nouveau dans la nuit.

Fernand se dirigeait entre les entrepôts de la gare maritime comme s'il y avait passé sa vie. Il planqua la R19 derrière un bâtiment vide, et ils retrouvèrent facilement les deux gardiens laissés en planque près des voitures volées. Chacun choisit une place et l'attente commença.

La nuit était claire. Les stridences du mistral dans les structures de métal qui les entouraient prenaient par instant des sonorités dramatiques.

Soudain, dans le silence d'une accalmie, le bruit d'un moteur se fit entendre. Chacun se recroquevilla dans sa cachette. Une semi-remorque à plate-forme immatriculée en Italie pénétra sous la voûte et stoppa au niveau des voitures. Le chauffeur sauta de la cabine et, d'un pas tranquille, se dirigea vers le bureau. Etonné de le trouver vide, il secoua la porte vitrée, puis frappa du plat de la main sur le montant, provoquant un vacarme assourdissant accentué par la résonance du hangar.

Furieux, il se retourna pour se trouver nez à nez avec deux agents en uniforme qu'il n'avait pas entendus venir. Derrière eux, Antoine, Sylvio et Fernand étaient embusqués, prêts à sortir leurs armes. L'homme, un Noir long et maigre, n'hésita guère. En habitué de ce genre de situation, il leva les mains sans opposer la moindre résistance. Il n'était pas armé. D'après ses papiers, il s'agissait d'un sujet nigérian travaillant pour une société italienne domiciliée à Gênes. Agé de trente-trois ans, il présenta un passeport en règle mais constellé de tampons, comme s'il avait passé son temps à traverser la frontière franco-italienne. Il ne parlait pas un mot de français.

Laissant la garde de l'entrepôt et du camion aux policiers en tenue, Sylvio embarqua son prisonnier dans la voiture, qui reprit, une fois de plus, le chemin de l'Évêché.

Il était six heures du matin quand ils y arrivèrent. L'agitation s'était dissipée. Une femme passait la serpillière dans le couloir, qui sentait fort l'eau de Javel. Antoine fit entrer le Nigérian dans le cagibi pour la fouille, tandis que Sylvio glissait dans la machine les formulaires et les carbones pour le PV. Fernand alla chercher des cafés. Ils avaient tous hâte d'en finir.

Le Noir avait une tête de plus qu'Antoine, mais le jeune policier, qui s'était débarrassé de son blouson, avait des épaules musclées que les sangles du holster accentuaient. Il avait laissé son calibre à la garde de Sylvio.

Lentement le Nigérian ôta sa veste, son pull et sa chemise, dénudant un torse long et musculeux. Il avait le blanc de l'œil injecté de sang et son regard sur le policier n'avait rien d'amical, tandis que le contenu de ses poches tombait dans un panier de plastique : un paquet de Gitanes, des clés, quelques pièces de monnaie françaises et italiennes, un portefeuille contenant des lires, des photos, des papiers divers... Antoine lui fit signe de continuer. Avec mauvaise grâce, il enleva son pantalon de velours et son caleçon à fleurs et resta debout, en chaussures, immobile, l'air de plus en plus agressif.

– Qu'est-ce que tu as, mon pote ? Tu ne te

sens pas bien ? Maintenant tu vires tes pompes, et tu te grouilles. On va pas rester là toute la journée.

Le geste qui accompagnait cette injonction n'avait pas besoin de traduction. L'homme, sans se baisser, quitta ses mocassins.

– Les chaussettes aussi ! Putain, faut tout te dire !

La porte qui n'était que poussée s'entrebâilla. C'était Sylvio qui s'impatientait :

– Alors, ça vient ? C'est plus une fouille, c'est un strip-tease !

L'Africain s'était arrêté, un pied en l'air, la chaussette à moitié enlevée, et il considérait le nouveau venu avec étonnement.

– Allez, magne-toi, bordel ! Je ne suis pas un voyeur !

Il retira sa chaussette et un papier tomba sur le sol. Il le recouvrit instantanément de son pied nu.

Sylvio s'exclama :

– Voilà pourquoi il faisait traîner... Je sens qu'on va avoir de la lecture. Pousse-toi !

Bousculé, il fut bien obligé de s'écarter et l'inspecteur principal Dotti ramassa sur le sol une fiche pas plus grande qu'une carte de visite et couverte de chiffres.

Les impressionnantes colonnes de signes étaient manifestement codées, mais certains nombres ressemblaient à des numéros de téléphone. Parmi d'autres, Sylvio reconnut soudain celui... de cet hôtel de L'Estaque où était censé habiter le frère de feu la belle Isis !

– Antoine ! Je crois qu'on a touché le gros lot !

Le jour se levait à peine quand la voiture stoppa devant le petit meublé de Marius. Antoine et Sylvio ne sentaient pas la fatigue de cette nuit blanche tant ils étaient surexcités par leur découverte. Cette femme en savait plus qu'elle ne le disait...

Il leur fallut tambouriner longuement pour se faire entendre. La patronne du bistrot vint ouvrir enfin, revêtue d'un pittoresque peignoir à fleurs rouges et blanches sur fond noir. De la main, elle essayait de remettre un peu d'ordre dans sa chevelure, et son visage n'avait plus rien d'amical.

– Vous vous croyez tout permis ! Qu'est-ce que vous foutez là ? Vous avez vu l'heure ?

Sans ménagement, Sylvio lui annonça la

mort de son client. La grosse femme n'eut pas le temps de jouer la comédie. Elle s'effondra.

L'inspecteur eut la confirmation que les relations de la tenancière et du malfrat n'étaient pas ce qu'elle en avait dit. Sans lui laisser le temps de protester, il grimpa à l'étage. Un rapide coup d'œil dans la chambre et la salle de bains lui fit découvrir l'évidente présence habituelle d'un homme. Sans doute, le Marius qu'ils avaient tant cherché. Sans s'attarder plus, il redescendit.

Dans le bistrot, la femme en larmes avait repris instinctivement sa place derrière le comptoir. Antoine était resté à la porte. Sylvio choisit un tabouret.

– Du courage ! Racontez-nous ce qu'il faisait, dit-il en s'asseyant devant elle. Maintenant, faut tout me dire. Allons-y !

– Je ne sais rien, cria-t-elle entre deux sanglots, barrez-vous !

Alors Sylvio se leva, et avec cette voix aigre qu'il savait si bien prendre, il ordonna sèchement :

– Parfait ! Habillez-vous et suivez-moi.

– Mais pourquoi ? J'ai rien fait !

– Pour complicité de meurtre ! Ça ne vous suffit pas ? Allez, dépêchez-vous !

Cette fois le ton était sans réplique. Vaincue, elle monta s'habiller sans protester plus, continuant à pleurer en silence.

XIV

Dans son bureau, le commissaire principal Caillol restait songeur en écoutant Sylvio lui raconter en détail les aventures de la nuit avec la triste fin de Marius-les-Brèmes. Il était trop bien élevé pour apprécier ce genre de western urbain dont raffolaient ses jeunes collaborateurs. Sans parler des risques d'incendie fort heureusement évités par la promptitude des marins pompiers de la ville.

Mécontent, il s'imaginait devoir expliquer au procureur les raisons d'un tel charivari autour d'un joueur clandestin...

La suite du récit le rassura. Le hangar, les voleurs de voitures et surtout le nom de Carréga, trouvé sur la facture, réveillèrent son intérêt.

– Je ne vois pas très bien ce que ce malheureux Marius viendrait faire dans un tel trafic, s'interrogea le commissaire principal.

Antoine était rouge de plaisir :

– Attendez ! Vous allez voir ! D'après le Nigérian, qui prétend n'être venu là que pour livrer la semi-remorque...

– Je croyais qu'il ne parlait pas le français...

– Quand il a eu envie de café, il a bien su le demander. Après, il s'est mis à table.

– Sur l'ordre de qui, la livraison ?

– Pour remplacer un copain dont il ne connaît pas le nom...

Le commissaire inclina la tête comme pour dire : « Ben voyons... » Antoine, ravi, s'amusait à distiller son suspens :

– Il devait charger le camion et repartir avec un Français.

– Dont il ne connaît sûrement pas le nom...

– Juste ! Il n'en sait que le signalement : un grand costaud avec des cheveux attachés dans le cou...

Cette fois, le commissaire ne riait plus. Les yeux agrandis par la surprise, il attendait :

– Et ensuite ?

– C'est l'Italien qui a fini par manger le morceau. D'après lui Carréga est le propriétaire du hangar. Les voitures volées partent en direction de Gênes et, de là, un bateau les emporte vers... une destination inconnue. Bien sûr, il va falloir enquêter quelques jours encore et interroger les collègues de là-bas avant d'en savoir plus.

– A mon avis, intervint Sylvio, on va découvrir que Marius était impliqué jusqu'au cou dans cette magouille. Je vais, de ce pas, interroger sa logeuse, que j'ai mise en garde à vue cette nuit.

Devant le regard étonné du commissaire principal, il précisa :

– Soit dit en passant, elle était surtout sa maîtresse. S'il logeait rarement dans la chambre louée, c'est qu'il dormait dans le lit de la proprio ! Je sens qu'elle a beaucoup de choses à nous apprendre !

Les trois hommes se mirent à rire.

– Dire qu'à cause de cette lettre anonyme, conclut Caillol, on a peut-être mis à jour un gigantesque trafic ! C'est fou ! Ça, c'est Marseille !

– Il n'y a pas que chez nous qu'on pique des bagnoles, intervint Sylvio, toujours susceptible quand on attaquait sa ville d'adoption. Il en disparaît 350 000 par an, en France.

Caillol sourit. Il aimait ce chauvinisme sourcilleux.

– Au fait, le docteur Dupuech, demanda-t-il, comment s'est-il comporté ?

– Il avait une trouille d'enfer, mais il ne s'est pas dégonflé ! Il n'a pas hésité une seconde à entrer dans le bistrot, répondit Antoine.

Caillol parut satisfait. Il le fut moins quand Sylvio intervint :

– Là où il ne nous a pas rendu service, c'est en disant à Marius qu'il était fait comme un rat. Il a provoqué sa fuite. Comme ce malfrat est un sacré malin, on n'a pas pu l'avoir ! Si le toubib avait été plus discret, on aurait eu le temps de serrer le beauf. Maintenant on l'aurait sous la main. Je ne pleure pas parce qu'il a cramé, mais c'est gênant pour l'enquête. Je ne sais pas ce qui lui a pris, à Dupuech !

– Il y a un truc qui m'a frappé, reprit Antoine. Quand ils étaient face à face, j'ai vu sur leur gueule une expression de haine féroce. J'ai cru un instant qu'ils allaient se cracher dessus ou se mordre ! Comme s'ils étaient sur le point de règler un conflit ancestral.

Passionné, Caillol fit remarquer :

– Tout ça ne colle pas bien avec la version selon laquelle ils ne se voyaient jamais...

Sylvio ne répondit rien. Il restait songeur.

– Quoi qu'il en soit, conclut le commissaire

principal qui se voulait conciliant, cette affaire est terminée pour le docteur. Le fait que son beau-frère le détestait explique bien le coup de la lettre anonyme. On n'en saura pas plus...

Il fit un geste résigné avant de reprendre :

– Je crois qu'on peut considérer ce dossier comme classé. Reste l'enquête sur feu le sieur Carréga et ses nombreuses activités. Qu'il ait aidé sa sœur à passer de vie à trépas n'alourdira pas sa peine !

Sylvio opina du bonnet. Il quitta le bureau pour aller interroger sa prisonnière. Personne ne l'entendit bougonner : « Vous pouvez dire ce que vous voudrez, moi, les médecins... ! »

Après une fin de nuit passée dans la cage, la grosse femme avait perdu de sa coriacité. Sylvio la fit entrer dans son petit bureau pour la questionner à sa manière, en solo !

Tout de suite, il lui manifesta une cordialité inhabituelle qui la surprit. Elle allait découvrir qu'il aimait assez cette technique de douche écossaise, où il était passé maître.

– J'ai fait monter du café, commença-t-il sur un ton amical, ne vous inquiétez pas, on ne va pas vous laisser mourir de faim.

– Vous avez raison ! Ça craindrait !

La voix était enrouée et le visage raviné. Mal coiffée, après ces heures sans sommeil passées à pleurer, la pauvre femme était défaite et le savait. Mais on la sentait pourtant prête à faire face.

– Je comprends votre chagrin, continua Sylvio, compatissant. La nouvelle a été brutale. Mais la vie continue. Il va bien falloir que vous repreniez la direction de votre établissement...

Etonnée, elle leva vers lui ses yeux bouffis. Son regard émit une vague lueur d'interrogation. Une secrétaire entra avec un plateau appétissant : du café qui sentait bon, du lait et des viennoiseries toutes fraîches. Ils s'installèrent de chaque côté du bureau.

– Servez-vous, proposa Sylvio en poussant le plateau vers elle et en mordant allégrement dans un croissant croustillant.

Elle s'appelait Pascaline Cantelli. D'après sa carte d'identité elle avait quarante-deux ans. Mais l'alcool, le tabac et la vie nocturne ajoutaient bien dix années à son visage fatigué. Ancienne prostituée, elle avait quitté le trottoir pour épouser un gargotier septuagénaire repris de justice, qui avait poliment renoncé à ses fonctions dans ce bas monde deux ans à peine après les noces. Deux ans agréables aux côtés d'une épouse serviable et de la meilleure moralité. Depuis, elle était devenue, pour le mitan marseillais, une veuve respectée, dont Marius avait eu la chance d'apprécier la particulière hospitalité.

Pour l'heure, elle se remontait le moral avec ce petit déjeuner imprévu toujours bon à prendre. Sylvio lui offrit ensuite une Marlboro et, tandis qu'elle se détendait dans un nuage de fumée, il murmura sur le ton le plus paisible :

– Maintenant, causons.

Elle le regarda sans répondre, l'œil plissé, la moue dédaigneuse. Sylvio prit un air conciliant, accentué par le tutoiement :

– Je ne te demande pas de donner tes copains, je sais que la balance, c'est pas ton genre. Je voudrais seulement que tu éclaires ma lanterne sur les activités de ton Marius. Il ne risque plus rien maintenant ! Je sais que les voitures volées, il les fourguait à Gênes. De là, elles partaient pour l'Afrique. Juste ?

Elle acquiesça. Il continua :

– Il était dans d'autres coups, mais qui ne m'intéressent pas. Ce que j'aimerais, c'est que tu commences par me parler de sa sœur...

Elle se redressa :

– Cette salope !

– Une garce, hein, renchérit Sylvio d'un air averti.

– La radasse ! Elle l'exploitait, le Marius, que c'était une honte !

– J'm'en doutais...

Il avait pris une intonation crapuleuse bien harmonisée avec celle de sa victime, qui retrouvait soudain les accents du Vieux Port où elle avait passé sa jeunesse. Le réconfort du café chaud et la complicité malsaine du policier, après la nuit blanche, avaient fait craquer ses défenses. Epuisée, elle se laissa aller. Elle raconta que Marius et sa sœur étaient impliqués dans ces affaires de bagnoles volées. Amère, elle précisa :

– Qué rascous, celle-là ! Quand il y avait des gros bénefs, c'est elle qui palpait. Quand ils faisaient un bide, c'était sa faute à lui ! Elle avait toujours raison et lui, toujours tort. Il se faisait roustir comme un minot. Des fois, elle lui avançait du fric, c'est vrai. Mais avec intérêts, à un taux que je vous dis pas.

Son index boudiné pointé vers l'inspecteur, et détachant bien les syllabes, elle précisa :

– U-su-raire !

L'air dégoûté, elle continua :

– Elle en profitait pour se servir largement sur le blé qu'il devait récupérer... Une vraie grippe-sous !

– Ces temps-ci, ça allait mal pour lui, lança l'inspecteur comme on va à la pêche.

– Hé, c'est forcé ! Il s'était sérieusement fait repasser au poker, et les mecs voulaient qu'il raque. Il avait été forcé d'engager sa part sur le prochain bateau de bagnoles. Mais voilà-t-y pas qu'il y avait du retard à cause d'une grève des dockers à Gênes... Cette putain d'Iris, elle voulait rien savoir pour lui allonger une avance. Elle lui disait qu'il aurait tout son fric quand elle serait crevée... Mais elle tardait à mettre les bouts !

– Et le mari ?

Elle posa ses coudes sur le bureau.

– Là, j'ai pas compris. Il a eu le « vire-vire », ce mec. Les deux beaux-frères, jusqu'ici, ils se calculaient pas si mal. Mais depuis un an, Iris, elle avait des grosses chutes de pression dans le percolateur.

Sylvio fronça les sourcils. Pascaline lui envoya un regard méprisant :

– Elle perdait un peu les pédales, quoi ! Elle en avait toujours après le Marius. Le Philibert, c'était pareil, il s'était mis du côté d'elle. Pourtant, ils savaient bien, tous les deux, que sans mon homme, il n'y aurait pas eu d'affaires, ni de blé. Sûr que c'est pas elle, ni lui, qui seraient allés discuter avec les Ritals ou les Blacks. Tout d'un coup, il y a quelques jours, le toubib, c'est comme s'il avait pété les plombs. Il est venu nous voir à l'hôtel pour annoncer que sa femme était morte. Et là, je ne sais pas ce qui lui a pris, il s'est mis à accuser Marius d'avoir trucidé sa frangine ! Jamais il aurait fait ça mon Jules. L'engueuler, oui, mais pas la buter !

– Pourquoi, alors, il s'est barré comme un cinglé quand on a voulu lui parler ? On ne lui voulait pas de mal !

Elle alluma une autre cigarette, qui sembla lui éclaircir les idées.

– Depuis quelque temps, c'est vrai, il avait les foies à cause de ses histoires de pognon avec des types pas bien clairs. Il se méfiait. Mais surtout, il voulait plus jamais retourner en tôle ! Plutôt crever, qu'il disait tout le temps. Quand vous êtes arrivés chez moi pour le chercher, il a vraiment balisé. Là-dessus, le toubib lui téléphone pour lui annoncer que les flics venaient le prendre pour le meurtre de sa sœur. Cette fois, il s'est cru bon pour le ballon, mon Marius. Il est entré dans une *rabia*, je vous dis pas ! Là, il a gueulé : « S'il se pointe, cet enfoiré, j'le flingue ! »

Une bonne partie de la matinée se passa ainsi. Tantôt doucereux, tantôt gueulard, Sylvio faisait croire qu'il en savait beaucoup, et Pascaline s'effondrait de plus en plus. Parfois, elle reprenait son aplomb et se plaisait à monter en épingle le rôle de son homme. D'après elle, c'est l'autorité du frère sur la sœur qui expliquait la haine du docteur. Une sorte de jalousie maladive.

– Vous voulez que je vous dise ! Le Philibert, il aurait rêvé de faire truand, mais il avait pas les couilles pour ça ! Vous avez vu ses allures de bourge... Il jouait les « càcous » avec les filles de chez Félix, mais il ne serait pas allé plus loin !

– Chez Félix ? Ça alors ! Sa femme le savait ?

– Autre qu'elle le savait !

Dans l'excitation de la discussion, l'accent marseillais faisait chanter la voix de Pascaline qui devenait véhémente :

– Vous pouvez pas croire ! Plus pistachier que le toubib, on fait pas ! La pauvre Iris, elle avait raccroché les gants depuis un bail. Alors, il avait bien fallu qu'elle se fasse une raison ! Elle aimait mieux que son mec cavale en terrain connu plutôt qu'il risque de la planter pour une petite.

Elle alluma encore une cigarette. Elle aspirait la fumée profondément comme si elle avait besoin, après une nuit de privation, de remonter son taux de nicotine. Satisfaite, elle laissa tomber :

– Iris, je vais vous dire, c'était une pauvre fille. Elle avait jamais eu ce qu'elle voulait. Félix, il faisait bien ce qu'il pouvait pour la consoler...

Sylvio n'en croyait pas ses oreilles.

– Félix et elle... ?

– Non ! Plus maintenant. Ils avaient fréquenté ensemble, autrefois. C'est une vieille histoire. Dans ce temps-là, il en était fada, qu'il en pouvait plus.

Devant l'étonnement de l'inspecteur, elle eut un sourire pour préciser :

– Faut pas croire ! C'était un beau mec, le boxeur, à vingt ans, et il avait le béguin pour sa danseuse qui le lui rendait bien. Mais il était un peu barjot. Elle a préféré le docteur. Normal ! Félix, il a morflé dur quand il a compris que le Philibert la lui avait piquée ! Il a joué les vieux copains qu'en ont rien à secouer. N'empêche, il l'avait dans la peau et il a eu du mal à s'en remettre.

En dehors de ses histoires de cœur, elle décrivait le kiné comme un vieux malin. Son établissement de bains avait tout d'un boxon, mais il se défendait de faire du proxénétisme. Les clients s'arrangeaient entre eux. Lui ne faisait payer que des abonnements pour la balnéothérapie et les massages. La plupart des filles étaient des occasionnelles, qui venaient là pour arrondir leurs fins de mois.

– Et les mœurs ? Ils laissent faire ?

– Maintenant, avec cette saloperie de sida, c'est mieux que de faire ça sous les portes cochères ! Les cognes, sauf votre respect, inspecteur, ils sont pas si cons !

Pascaline savait beaucoup de choses et elle jouait une partie serrée, se gardant de donner des informations vraiment dangereuses. Sylvio la tenait. Elle ne pouvait guère faire autrement que de lui lâcher quelques bribes. Elle continua :

– Et puis les flics, ils doivent s'y retrouver. Peut-être bien que le Félix, il balance un peu, de temps en temps... Va savoir...

Sylvio enregistrait.

– Et ton Marius, il allait aussi chez Félix ?

Elle eut un sourire résigné.

– Oh ! Il devait bien y montrer son nez de

temps à autre... Et quand je dis « son nez », vous m'avez comprise, inspecteur! Tout ça, c'était bon pour Iris. Félix, il faisait copain avec Marius et, comme ça, il était au courant de tous ses trafics. Après il racontait sa salade à la vieille.

Elle prit un air rigolard pour préciser :

– Je vais vous dire, inspecteur. Félix, à l'époque de sa folle jeunesse, la danseuse, il la tabassait un peu. Elle prenait le pastisson plus souvent qu'à son tour ! Et puis la roue a tourné. Ces dernières années, c'était elle qui commandait. Elle avait sa revanche. Elle le payait pour les renseignements qu'il lui apportait. Il avait besoin de fric, et elle d'autorité. Elle était riche. Lui, il ramait.

– Félix m'a laissé entendre qu'il soupçonnait le médecin d'avoir... hâté la fin de son épouse. C'est pas très sympa ! Et vous me dites que l'un fournit des filles à l'autre... Alors, je ne comprends plus. Ils sont amis ou pas ?

Elle appréciait son rôle. C'est elle qui savait. Elle prit un ton docte :

– D'abord, les filles, c'est pas l'amitié, c'est les affaires. Le toubib il payait, comme les autres. Pour le reste, Félix, il fréquentait avec tout le monde. Avec Marius, comme avec Philibert. Mais dans sa vie, il n'y avait qu'Iris qui comptait. Les autres, il en était jaloux, c'est tout! Il les aurait tous envoyés au diable s'il avait pu.

– Même Marius?

– Surtout Marius. La preuve, il l'a fait!

Pascaline fut relâchée à midi, ravie de cette clémence inespérée. A la vérité, Sylvio n'avait rien de très concret pour la retenir. En jouant les grands seigneurs, il s'en faisait une obligée. Un jour, elle lui renverrait l'ascenseur.

Rien de tout cela ne fut écrit. Si l'inspecteur principal Dotti avait beaucoup avancé dans sa connaissance du dossier Dupuech, il préféra n'en rien dire à personne, puisque l'affaire était classée. Il fit un PV édulcoré et garda le reste pour lui.

Cette déposition, pour officieuse qu'elle fût, lui apportait de quoi réfléchir, et il lui fallut un moment pour remettre ses idées en ordre.

Une information, en particulier, l'avait intrigué : Pascaline pensait que Félix avait une certaine responsabilité dans la fin de Marius. Pourquoi?

Autre chose aussi. Dans plusieurs conversations, il avait été question d'un délai d'un an. Feu la belle Iris avait changé, depuis un an. Josette, l'infirmière, était entrée au service du docteur depuis un an. Que s'était-il donc passé un an plus tôt ?

XV

Sylvio Dotti retrouva son copain de la brigade financière pour déjeuner dans un fameux bistrot sur le Vieux Port. Il lui avait promis une bouillabaisse, en remerciement de son aide. Le patron savait à qui il avait affaire. Il les installa au premier étage, à une table près de la fenêtre. Ils pouvaient contempler le célèbre plan d'eau, avec ses bateaux de pêche et ses navettes qui se remettaient en route pour le Frioul dès que le soleil était de la fête.

Après avoir siroté un pastis en commentant les prochaines élections municipales et les affaires de l'OM, ils passèrent aux choses sérieuses. Sylvio raconta la nuit épique qui avait vu disparaître son suspect n° 1. Malgré ses talents de conteur, il ne parvenait pas à éveiller l'intérêt dans l'œil myope de son invité.

Le vieil homme le laissa parler tout en mangeant de façon appliquée, comme il travaillait sans doute. Ils avaient fini leur première assiette de soupe et ils s'apprêtaient à attaquer le plat de poissons, quand ce dernier se décida :

– Tu sais que la femme du docteur, c'était pas rien ! Dans son carnet d'adresses, il y a du beau monde ! J'ai trouvé notamment un numéro de téléphone qui me rappelait quelque chose. Le nom inscrit en face ne correspondait pas à celui que je connaissais. Il s'agit sans doute d'une sorte de code. Si on m'en laissait le temps, je parviendrais sans doute à en trouver la clé. J'ai quand même appelé l'agent de change dont j'avais repéré le numéro.

– Un agent de change ? Mazette !

– Certes ! Et non des moindres ! Je suis en relation avec lui depuis longtemps, et je ne l'ai jamais regretté. J'ai fermé les yeux sur pas mal d'histoires qui auraient pu lui coûter cher, mais je n'étais pas mandaté pour ça ! Bref on s'est rendu quelques menus services...

Sylvio était toujours révolté quand il entendait ses collègues parler de scandales financiers restés impunis. Même s'il savait que les informations discrètement livrées à la police au bon moment permettent aussi de spectaculaires coups de filet... Même si, dans ce métier rien n'est jamais perdu ! Il n'aurait jamais pu se faire à travailler ainsi.

– Ta bonne femme, continuait l'expert, c'était quelqu'un ! Tu sais pas qu'elle était propriétaire de bateaux...

– Des bateaux ?

– Parfaitement ! Pas elle seule, mais avec des associés. Surtout des Italiens.

– Des Génois, sans doute ? souffla Sylvio, vaguement interrogatif.

– Oui ! Comment tu le sais ?

Sylvio raconta alors les découvertes faites après la mort de Marius Carréga à propos des vols de voitures destinées à l'Afrique.

– Le voilà, le chaînon qui me manquait !

Le vieux policier eut un sourire épanoui. Il s'interrompit un instant en suçotant une carapace de favouille, avant de reprendre :

– Tu sais, dans les papiers que tu m'as donnés, il n'y a rien de répréhensible. Cette bonne femme, elle avait du fric, c'est sûr, et le fisc sera intéressé de savoir d'où il venait. Fais-lui confiance. Mais, en ce qui me concerne, j'ai rien trouvé qui relève de la tôle. Les pièces compromettantes ne devaient pas être dans sa piaule !

Il s'attaqua à un « rascasson » d'une pointe de couteau vengeresse tout en poursuivant :

– Je t'ai rapporté tes dossiers. Tu pourras tout remettre en place. C'est vrai qu'elle avait plein de comptes en banque, qu'elle faisait valser l'argent de l'un à l'autre, mais ce n'est pas illégal. L'intéressant, c'est ce qu'on ne voit pas mais qu'on devine. L'agent de change m'a mis au parfum pour l'histoire des bateaux, mais j'ai pas trouvé traces de rentrées. Il ne savait pas trop sur quoi elle trafiquait. Ta solution doit être la bonne, petit. Les voitures volées, ça me paraît très vraisemblable. Ce qu'il faudrait savoir, maintenant, c'est ce qu'elle faisait de son fric au black. Il doit bien être planqué quelque part.

– Elle en a laissé beaucoup, tu crois ?

– Là, je ne peux pas te dire. A mon avis, elle devait en avoir un paquet, sur des comptes à l'étranger, ou de la fraîche dans un coffre. Peut-être les deux...

Il sirota une gorgée d'un blanc de Cassis bien frais.

– Tu sais qui va hériter ?

Sylvio parut embarrassé.

– Jusqu'à hier c'était le frère. Maintenant c'est le mari...

– Tu es sûr ?

– Si on ne découvre pas un héritier surprise, c'est lui, le toubib, qui va palper.

Depuis son épisode grippal, Sylvio toussait à l'excès. Selon lui, c'étaient de simples séquelles bronchiques, mais son père s'inquiétait. Le vieil homme lui répétait chaque jour qu'il serait raisonnable de passer une radio. Dans sa génération, le spectre de la tuberculose était encore présent.

Pour lui faire plaisir, Sylvio décida d'aller à Sainte-Marguerite, l'hôpital le plus proche de chez lui. Il aimait bien ce vieil établissement, qui semblait résister courageusement aux envahissantes constructions modernes.

Il ne dut pas patienter plus d'une heure avant d'être radiographié, et le résultat fut rassurant. Il demanda au spécialiste un compte rendu détaillé. Pour que son père puisse le lire en cachette. Avec ses difficultés linguistiques, cette tâche clandestine l'occuperait durant une bonne semaine...

Au moment de sortir, une idée vicieuse lui traversa l'esprit.

– Je voudrais consulter le docteur Dupuech, demanda-t-il à l'accueil.

La préposée consulta son fichier.

– Il est dans quel service?

– Cardiologie.

– Il faut que vous vous adressiez directement là-bas, parce que moi, je ne le trouve pas.

Elle lui expliqua comment s'y rendre. Avec son cliché sous le bras, il avait une allure de consultant tout à fait vraisemblable.

La secrétaire de cardiologie était une grosse dame aimable, qui ouvrit des yeux ronds quand Sylvio lui demanda à parler au docteur Dupuech.

– Je vais me renseigner, fit-elle, étonnée.

A ce moment, un homme d'une cinquantaine d'années, portant manteau cossu et serviette de cuir, arrivait. La secrétaire s'approcha et lui parla à voix basse. Il regarda Sylvio d'un air interrogateur et s'approcha.

– C'est Philibert Dupuech que vous cherchez?

– Oui! Un ami commun m'a dit que je le trouverais ici.

– Il ne consulte plus chez nous depuis une éternité... Au moins une dizaine d'années. Est-ce que je peux vous aider? Je le connais bien, nous avons passé notre internat la même année. Quand notre patron dirigeait ce service, nous y étions ensemble. Depuis que j'ai pris la suite, il a cessé de venir. Je suppose que sa clientèle l'accapare complètement. Si vous voulez, nous devons pouvoir vous donner son adresse.

– Ce n'est pas la peine, je la connais. Je vous remercie.

Le praticien ne comprit pas pourquoi ce patient déçu repartait avec un étrange sourire aux lèvres.

XVI

Dans les jours qui suivirent, Sylvio donna l'impression au patron qu'il oubliait le docteur. L'enquête était close. Personne n'était au courant des révélations de Pascaline, des conclusions de l'ami financier et de sa visite à l'hôpital Sainte-Marguerite.

Le commissaire principal Caillol rendit compte au procureur. L'auteur probable de la lettre anonyme était mort, et les profiteurs d'un joli trafic avaient été mis sous les verrous. Succès complet. Tout le monde semblait satisfait. Caillol fut félicité en haut lieu.

Chez les policiers, personne n'était dupe. Tous connaissaient l'opiniâtreté de Sylvio, et son air buté laissait entendre qu'il n'avait pas abandonné la partie.

A la cantine, l'inspecteur se trouva un jour à

table en face de Martinaud, son collègue de la brigade des jeux.

– Tu sais, lui dit le sympathique personnage, en rigolant, tu m'as drôlement brouillé les cartes, toi !

– A propos de quoi ?!

– Marius Carréga. On l'avait dans le collimateur nous ! Et pas qu'un peu !

– Pas possible ? Raconte !

– Tous les jours, il tapait le carton au Blue Bird. C'était un habitué. Ce clandé, on le surveillait depuis que Pierrot le Lyonnais en avait fait son quartier général. Celui-là, c'est une autre pointure ! Il devait monter un gros coup d'importation de came en provenance de la Thaïlande. Les « stups » nous avaient rancardés, et nous on savait qu'avec le fric de la came, ils avaient l'intention de racheter un cercle privé à Monaco. Tu me suis ?

– Marius était mouillé là-dedans ?

– Plus ou moins ! Comme partenaire minoritaire en tout cas. Il n'avait jamais un fifre. Ces mecs-là le tenaient, parce qu'il leur devait pas mal de pognon. Alors il était obligé de leur donner un coup de main gratos quand ils avaient besoin de lui pour leurs combines.

– Pierrot le Lyonnais, c'est un méchant...

– Ouais. Il rigole pas. On pense qu'il a fait exécuter un maximum de mecs. Mais on n'a jamais pu le piquer.

Sylvio hocha la tête.

– C'est pour ça que le mitan était muet quand on cherchait Marius.

– Autour de Pierrot, on ferme sa gueule, c'est sûr !

– Et maintenant ? Ils se sont tirés ?

– Tu parles ! Après ta descente, ils ont eu une de ces trouilles ! Ils se sont évaporés dans la nature. Pour le moment, on ne sait plus où ils sont. Remarque, c'est pas grave, on va les retrouver ! Mais je me suis fait engueuler par mes copains. « T'avais qu'à la fermer », ils m'ont dit ! Ils savent pas qu'on est des vieux potes !

– Et puis, c'est à charge de revanche, pas vrai ?

Sylvio prit un air distrait, les yeux dans le vague. Il venait d'avoir une idée. Soudain, alors que son collègue continuait de parler, il l'interrompit brutalement :

– Dis donc, tu connaissais tout sur l'emploi du temps de Carréga au cours de ces dernières semaines ?

– Affirmatif ! Lui et ses copains, on ne les quittait pas de l'œil.

Sylvio feuilleta son carnet.

– Mercredi après-midi, le 7 novembre...

L'autre sortit aussi un calepin fatigué.

– Pas de problème. Mercredi après-midi, 7 novembre, répéta-t-il en tournant les pages.... Il était au clandé. Ils sont arrivés pour la bouffe vers treize heures. Après ils se sont mis au tapis. La partie s'est terminée à trois heures du mat. Il n'a pas bougé.

Sylvio avait encore, dans la poche de sa veste, une des photos prises au cimetière.

– C'est bien lui ?

L'autre se mit à rire.

– Il n'y a pas à se tromper. Même de dos !

XVII

Le lendemain matin, après une nuit passée avec les BAC, Sylvio alla prendre son café rue Paradis, en face de chez le docteur Dupuech. Il savait que le médecin partait faire ses visites vers neuf heures. Il attendit tranquillement.

Il eut un pincement au cœur quand il aperçut le praticien qui sortait de l'immeuble, sa serviette de cuir à la main, l'air respectable, saluant au passage les ménagères qui le reconnaissaient. L'inspecteur marcha un moment derrière lui et le rattrapa.

– Bonjour docteur !

– Tiens ! L'inspecteur Dotti ! Comment allez-vous ?

– Mon Dieu, la routine ! Et vous ?

– Vous voyez, la routine aussi : sept visites à faire avant midi. Il n'y a pas de temps à perdre.

– C'est fou ce que vous travaillez, vous les médecins, hein ?

– Il faut bien, soupira le praticien.

Sylvio semblait soudainement admiratif :

– Parce qu'il n'y a pas que les malades du cabinet. Je me souviens avoir vu votre carnet de rendez-vous. Vous êtes au moins trois fois par semaine à Sainte-Marguerite. Parfois, vous devez être épuisé. Non ?

Ils allaient côte à côte à grands pas. Le médecin se taisait. Sylvio reprit :

– On ne s'est pas revus depuis cette fameuse nuit. Quelle histoire, hein ?

– Je n'ai jamais eu aussi peur de ma vie.

– A cause de l'explosion ?

– Non, la conduite de votre collègue. S'est-il jamais demandé s'il y a d'autres voitures que la sienne dans Marseille ?

– Je ne sais pas, mais il n'a jamais eu un seul accident.

– Patience ! Ça viendra ! Ce jour-là, évitez d'être avec lui !

Ils se mirent à rire.

– Je viens d'en apprendre une bien bonne, continua Sylvio sur le ton de l'anecdote.

– Ah, oui ?

– Vous savez, le jour où votre épouse est morte...

– Oui ?

– La femme d'entretien a certifié avoir vu passer votre beau-frère...

– Et alors ?

– Eh bien, ce n'était pas lui !

– Pourquoi dites-vous ça ?

– Parce que le Marius, ce jour-là, il n'a pas quitté un clandé où il jouait aux cartes !

– Vous en êtes sûr ?

– Absolument ! Il était surveillé par des potes à moi.

Le médecin hocha la tête longuement puis regarda Sylvio en souriant :

– Vous voyez comme on peut se tromper, n'est-ce pas ?

Il s'arrêta sur le trottoir et ajouta :

– Excusez-moi, je suis arrivé chez ma première patiente. Ravi de vous avoir rencontré. A bientôt !

– De toute façon, répondit l'inspecteur d'un ton fataliste, on s'en moque, l'affaire est close !

– Définitivement ?

– Votre ami le commissaire principal Caillol a dû vous le dire, non ?

L'autre sourit de nouveau. L'inspecteur poursuivit sur un ton des plus badins :

– A moins qu'un fait nouveau ne surgisse. Dans ces cas-là on peut toujours y revenir.

– C'est un message ?

– Loin de moi cette idée ! Je me borne à répondre à votre question.

– Je vous remercie.

– De rien ! Au revoir, docteur !

– Au revoir, inspecteur !

Sylvio regarda le médecin entrer dans l'immeuble. Il l'imaginait dans l'échoppe de Félix, jouant les faux séducteurs avec de fausses filles de joie en ciré violet rêvant d'une aventure ou d'une gratification de fin de mois. Il se disait que les bourgeois cachent bien leur jeu, tout de même ! Et il se répéta : « Moi, les médecins, je ne les supporte pas. »

Ces réflexions sur l'ancien boxeur lui donnèrent une idée. Il retourna vers sa voiture d'un pas rapide.

Il mit le cap vers les quartiers nord en réfléchissant à la personnalité de Félix Ménékian. Jusqu'à la mort de Marius Carréga, son rôle avait paru insignifiant. Depuis l'accident, on le trouvait partout sur le devant de la scène. Qu'en était-il exactement ?

Le carillon enroué fit entendre sa sonorité aigre, mais Sylvio n'attendit pas qu'on vienne l'accueillir. Il écarta le rideau et s'engagea dans un couloir qui le mena dans un lieu stupéfiant.

Il s'arrêta, ébloui. Personne n'aurait pu imaginer qu'il y avait, derrière la façade lépreuse de l'immeuble, un tel édifice datant sans doute du siècle dernier.

Une structure métallique de style Baltard soutenait une verrière au-dessus d'un gymnase. Au centre, une petite piscine chauffée et de construction plus récente laissait monter des vapeurs qui donnaient à la lumière un ton laiteux. Des instruments de culture physique, des bancs, et un bar végétarien occupaient l'espace le long d'un des murs. Sur le côté, une sorte de coursive desservait des cabines de massage. En face, une porte menait vers le sauna.

Rien n'était luxueux, mais cela paraissait chaleureux et plein de charme.

Une trentaine de clients occupaient les installations sportives. D'autres barbotaient dans une eau qui devait approcher les 35°. La plupart étaient nus. En sortant, ils se nouaient une simple serviette autour des reins ou de la poitrine. En général, les femmes semblaient plus jeunes que les hommes...

Sylvio, les mains dans les poches, immobile, considérait l'ensemble en hochant la tête. Il se demandait ce que ses collègues des mœurs devaient penser d'un tel établissement !

Une jeune femme en blouse se précipita.

– Monsieur, je vous en prie, vous n'avez pas le droit d'entrer ainsi !

Sylvio la regarda en souriant :

– Oh! que si, j'ai le droit ! Voulez-vous dire à monsieur Ménékian que l'inspecteur principal Dotti aimerait lui parler.

Indécise, elle hésita une seconde et n'insista pas.

– Je vais le chercher.

Il n'eut pas longtemps à patienter. Félix arriva au pas de charge.

– Qu'est-ce que vous me voulez ?

La voix rauque, le ton agressif, tout y était.

– Allons, allons, du calme, Ménékian. Ne vous énervez pas. Je viens simplement évoquer avec vous la mémoire de cette dame de vos amies, passée récemment de vie à trépas. Nous en avons déjà parlé. Vous voyez qui je veux dire ? Peut-être pourriez-vous m'offrir un jus de carotte ? J'en raffole.

L'autre faillit protester. Sylvio ne lui en laissa pas le temps. Le prenant par le bras, il l'entraîna vers le bar en s'extasiant sur la beauté des installations.

– C'est une construction ancienne, non ?

– C'est tout ce qui reste d'un grand gymnase

démoli par les Allemands pendant la dernière guerre. Mon père avait acheté cette carcasse pour une bouchée de pain et il s'est ruiné pour la remettre en état.

– On n'imagine pas de telles installations quand on voit votre petit bureau à l'entrée !

– Je sais. Autrefois, l'accès principal était sur l'ancienne façade, de l'autre côté du bâtiment. C'est la partie qui a été détruite. Avec les HLM qu'ils ont construites, c'est devenu inaccessible. Ou presque.

Sylvio prit un air complice :

– Derrière, il ne doit plus rester que des issues de secours, je suppose.

– Obligatoire ! Pour la sécurité.

– C'est bien ce que je voulais dire !

Il lança au kiné un coup d'œil ironique avant de lui demander si l'affaire était rentable.

– J'ai réussi à en faire un petit centre de balnéo qui ne marche pas mal, mais ça me coûte une fortune pour l'entretien. Je ne sais pas si je vais pouvoir continuer.

– Surtout que Mme Dupuech n'est plus là, maintenant, pour vous aider...

Devant son air furieux, Sylvio se hâta de l'apaiser :

– Quelle femme charmante ce devait être !

Et qui avait du talent ! Une grande artiste, m'a-t-on dit !

Il s'assit dans un fauteuil de rotin, tandis que Félix allait ouvrir une bouteille de jus de légumes. Le visage sombre, il revint s'asseoir à côté de son visiteur et posa le verre sur la table sans un mot.

Sylvio remercia avec effusion. Il suivait du regard une naïade en tenue d'Ève émergeant de l'eau. Ménageant ses effets, elle se drapa lentement dans une serviette de bain que la pudeur eut voulue plus large.

– Iris Dupuech venait ici ?

– Jamais de la vie, vous êtes fou ! Vous ne la connaissiez pas ?

– Hélas, non ! Nous nous sommes rencontrés pour la première et unique fois au cimetière. Vous aussi, d'ailleurs, vous y étiez. Je vous ai vu.

Félix baissa la tête.

– C'est vrai. Je l'aimais énormément, vous savez ! Pour moi, elle était comme une sœur.

– Une sœur, une sœur... Ce n'est pas tout à fait ce qui m'a été rapporté.

Félix se dressa pour aboyer :

– Quel est le fils de pute qui vous a dit ça ?

– Quelqu'un qui vous connaît bien... Vous

devinez pas ? Allez, je peux vous le dire : c'est Pascaline.

– Ah, celle-là, elle peut parler !

Sylvio éclata de rire.

– C'est vrai qu'elle a eu une jeunesse agitée...

Il s'amusait de voir son interlocuteur suer d'inquiétude. Il s'empressa de le rassurer :

– Je ne suis pas venu vous chercher des poux, monsieur Ménékian. Je suis ici à titre presque privé, vous voyez ! Vos activités – disons, professionnelles – ne relèvent pas de mon ministère, et je sais fermer les yeux. En revanche, j'aimerais que vous me parliez de deux amis à vous, Marius Carréga, Dieu ait son âme, et Philibert Dupuech.

Félix, mal à l'aise, se racla la gorge longuement. Puis il se décida :

– Je les connais depuis...

Il fit un geste qui semblait traverser les siècles. Sylvio l'interrompit :

– Ne partez pas d'aussi loin, et contentez-vous de répondre à mes questions. Parlons d'abord du docteur. Que pensez-vous de lui ?

Visiblement, Félix supportait mal cet interrogatoire. Sur la défensive, il prit son temps. Il réfléchissait à ce qu'il allait pouvoir dire, qui puisse l'engager le moins possible.

– Un drôle de mec, celui-là ! finit-il par articuler.

– Il vient souvent ici ?

Évasif :

– Autrefois, il venait. Il y a longtemps que je ne l'ai plus vu...

– Combien de temps ? Deux ans ? Un an ?

– A peu près... Oui, c'est ça. Ça doit faire un an...

– Au moment où Josette Volnay a commencé à travailler rue Paradis...

Sylvio vit le kiné accuser le choc. Son regard se mit à vaciller et il chercha à faire diversion.

– Si vous savez tout, je me demande pourquoi vous m'interrogez !

– Mais non, je ne sais pas tout ! Je suis sûr que vous connaissez plusieurs choses que j'ignore. Allez, revenons à Josette, la jolie infirmière. Que savez-vous d'elle ?

Félix cherchait ses mots :

– Cette petite, elle a des ratounes qui traînent par terre...

– Elle a des vues sur le docteur... hein ?

Le kiné agita les deux mains.

– Oh ! là ! là ! Arrêtez un peu, vous me donnez le tournis. D'accord, je vais vous raconter ce que je sais, mais vous me laissez parler comme je veux...

Sylvio s'amusait.

– OK ! Allez-y, je me tais.

– Au début qu'elle se sentait pas bien, Iris, elle arrêtait pas de gémir parce que son mari n'était jamais là. Elle disait : « Un jour je vais claquer toute seule comme une conne. » Alors, Alice, la secrétaire, elle a proposé que sa fille fasse la garde-malade. Elle était infirmière, sérieuse et tout. Au début, ça a été le rêve. Elle était gentille, efficace... Mais très vite, le docteur, il est tombé sous le charme. Faut dire qu'elle est drôlement bien tankée... Et lui, déjà qu'il lui en faut pas beaucoup ! Seulement Iris, je ne sais pas pourquoi, elle a tout de suite compris que, cette fois, les choses allaient tourner au vinaigre.

– Du temps où son mari venait chez vous, elle ne disait rien ?

– Elle s'en foutait. Mais avec la Josette, elle a senti le danger. Le Philibert, il était pincé. Il s'est mis à claquer un maximum d'oseille. Les fringues de luxe, les bijoux, les grands restos, tout le bataclan quoi ! Pour cette nana, le toubib, il a perdu la boule. Et Iris a compris qu'il allait la laisser tomber.

– Elle se savait malade.

– Justement ! Elle me disait : « Ces deux-là, ils vont me foutre à l'hosto ! »

– Et Marius, dans tout ça ?

– Marius ?

Le pauvre Félix était au supplice.

– Marius, répéta-t-il encore, ce counas. Lui, c'était pas pareil ! Il s'était fait arnaquer par des mecs plus marioles que lui. Il avait sans arrêt besoin de fric et ne cessait de taper sa sœur. Iris, elle paniquait. Vous savez ce que c'est, les malades. Elle se disait qu'à eux deux, son mari et son frère, ils allaient la mettre sur la paille ! Sans parler de Josette et de sa mère qui rôdaient. « Elles vont me tuer, elle disait. Je sens qu'elles veulent me tuer ! Elles passent leur temps à m'espionner ! »

– Elle perdait un peu la tête, non ?

– C'est sûr. Mais je ne pouvais pas le lui dire ! La pauvre, elle aurait pas compris ! Au contraire, j'essayais de la rassurer, de la consoler. Ça lui faisait du bien. Elle avait confiance en moi. J'étais le seul. Elle aimait que je la masse. Elle disait que c'était le meilleur moment de la journée. Si vous aviez vu comme elle était devenue, à la fin. Elle qui avait été si belle...

Il avait les larmes aux yeux. Sylvio découvrit que c'était sans doute le seul personnage sincère de cette bande sordide.

Tout en écoutant, il surveillait le manège des clients. Tantôt il voyait un homme s'approcher d'une femme, tantôt c'était l'inverse. Ils bavardaient une minute, puis se dirigeaient vers une cabine de massage. D'autres sortaient du sauna et se disaient au revoir. Peut-être prenaient-ils rendez-vous pour une autre fois. Il régnait une atmosphère feutrée, dans une forte odeur de chlore qui venait de la piscine surchauffée. Un kiné dirigeait une vraie séance de gymnastique dans l'eau, en comptant à voix haute. Une machine à pédaler grinçait. Un quinquagénaire décati manipulait des haltères en rentrant le ventre. Somme toute, dans ce gymnase on pratiquait toutes les formes d'exercice physique. Sans exception.

Félix continuait à se lamenter en racontant les derniers jours de la femme de sa vie, abandonnée de tous.

Sylvio l'interrompit :

– Pourquoi Pascaline raconte-t-elle que vous avez contribué à la mort de Marius ?

– Elle dit ça ? La garce ! Elle doit croire que je l'ai balancé. J'étais le seul à connaître le Blue Bird où il jouait aux cartes. Je suis souvent allé lui porter un peu de fraîche quand il fallait en mettre sur la table et que les autres ne voulaient pas le laisser partir... Mais je vous jure, inspecteur, que je ne l'ai pas donné. Jamais j'aurais fait ça. Jamais ! Pour Iris ! Elle ne me l'aurait pas pardonné !

Amical, Sylvio le rassura.

– Moi, je suis sûr, Félix, que vous dites la vérité.

XVIII

Caillol offrit à Sylvio de s'asseoir.

– Alors, de quoi s'agit-il ?

Son inspecteur avait pris un ton mystérieux pour lui demander ce rendez-vous. « En fin de journée, quand le téléphone vous laissera en paix », avait-il précisé.

Mais à peine le commissaire reposait-il son appareil qu'il sonnait de nouveau. Sylvio commençait à s'impatienter.

– On va boire un verre, patron ? Je vous invite.

– Si vous voulez.

C'était une autre façon de s'assurer de la confidentialité de leurs propos. Ils descendirent en discutant des choses banales du service et s'écartèrent un peu du commissariat pour entrer dans un tranquille bar américain de l'avenue Carnot. Le patron, une vieille connaissance, les servit et se retira discrètement.

– Voilà, dit Sylvio sans plus attendre. Je voulais vous parler de l'affaire Dupuech.

Le commissaire prit un air navré.

– Encore ? Je vous signale que je viens de recevoir le rapport de l'enquête fiscale. Tout est en ordre. Mme Dupuech avait une fortune immobilière importante et payait ses impôts. Son mari a de quoi régler ses droits de succession. On ne peut rien contre lui. Je crois que vous vous faites des idées...

L'inspecteur baissa les yeux.

– J'ai l'intime conviction que le docteur a fait en sorte que son beau-frère soit soupçonné du meurtre de sa femme.

Le commissaire leva les bras d'un air désolé.

– Ah non ! Vous n'allez pas remettre ça ! Et même si c'était vrai, qu'est-ce que ça change ?

Sylvio avait pris son air buté.

– Excusez-moi, patron, il faut que je vous dise ce que j'ai sur le cœur. Après, vous en ferez ce que vous voudrez !

Caillol, fataliste comme toujours, se résigna :

– Bon, allez-y !

– Admettons que Marius Carréga ait survécu. Parti comme il était, c'est lui qui aurait été accusé. Et avec son passé... il risquait fort d'être condamné. Il perdait ses droits civiques, et surtout, ses droits à l'héritage de sa sœur. Le docteur, lui, héritait à sa place ! En plus, c'est pas du fond de sa tôle qu'il aurait empêché le toubib de se tirer avec le liquide qui doit se trouver à l'abri dans des coffres-forts.

– Et alors ? Mort, il a encore moins de droits à l'héritage.

Sylvio acquiesça.

– Personnellement, même si Marius Carréga était un trafiquant de voitures volées et un joueur clandestin, je trouve qu'il ne méritait pas d'être condamné à mort pour ça.

– Là, Dotti, vous exagérez. Il est mort par accident. Vous êtes bien placé pour le savoir. C'est même lui qui l'a provoqué.

– Oui, mais parce qu'il pensait être accusé de meurtre. D'un meurtre que, j'en suis persuadé, il n'avait pas commis.

– Et alors ?

– Je suis sûr que c'est un coup monté.

Le commissaire était excédé.

– Expliquez-vous.

– Marius n'est pas passé chez sa sœur le jour du décès. J'en ai la preuve. Il était dans un clandé cet après-midi-là.

– Ah bon ?

– Je ne crois pas non plus qu'il ait écrit la lettre anonyme. Ce n'était pas son genre.

– Qui l'aurait écrite, alors ?

Sylvio fit un geste montrant qu'il ne savait pas.

– Ce que je sais, c'est que cette Mme Dupuech laisse sûrement une grosse fortune dans des paradis fiscaux ou dans des coffres discrets, et que Marius n'est plus là pour réclamer cet argent qu'il disait lui revenir.

Le commissaire paraissait toujours aussi agacé.

– En quoi cela nous concerne-t-il ? Je ne vois pas où vous voulez en venir !

Sylvio prit un air angélique.

– Simplement, moi, je suis sûr que le docteur Dupuech, avec ses airs bien comme il faut, il a tout fait pour nous lancer sur une fausse piste. Maintenant, c'est lui qui a empoché le fric de sa femme ! Le fruit d'un trafic organisé par le beau-frère, avec la pègre internationale.

Caillol se sentait subitement mal à l'aise.

– Allons, vous poussez un peu, non ? Vous ne supportez pas ce type !

– La question n'est pas là. D'après mon enquête, patron, je peux vous dire que

Dupuech n'est pas le médecin irréprochable que vous imaginez. Il court la gueuse comme un malade, et il paie pour ça. Il fait la fête avec son infirmière comme vous ne l'imaginez même pas. Moi, je m'en fous. Mais il y a tout de même une question qui se pose : d'où vient le pognon ? Pas de ses malades, il n'est jamais à son cabinet.

– Jamais à son cabinet ?

Le commissaire avait sursauté. Il ne comprenait plus. L'inspecteur principal Dotti triomphait.

– Il y consulte un peu, c'est vrai ! Mais beaucoup moins qu'on croit. J'ai vérifié son carnet ! Et je vous affirme que ce n'est pas avec ses honoraires qu'il peut s'offrir tout ça !

– Bon. Admettons. Ça vous mène où ?

Sylvio arrivait là où il voulait.

– Je voudrais le coincer, parce que je n'aime pas cette façon qu'il a eue de se foutre de notre gueule. Pensez qu'en ce moment, il doit rigoler, patron, comme c'est pas possible !

– Vous proposez quoi ?

Sylvio prit un air désolé.

– Pour l'instant, c'est sûr, on ne peut rien faire. Mais un jour ou l'autre, il va bien avoir envie de jouir un peu de ses sous au grand jour.

Caillol semblait séduit par le raisonnement. Encouragé, Sylvio s'échauffait.

– Si j'étais à sa place, un beau matin, moi, je quitterais le pays. Pour des vacances, ou à jamais. Ça dépend de l'importance du tas! Ce qui est certain, c'est qu'il a pas fait tout ça pour continuer à grimper les escaliers et soigner des mémères asthmatiques...

Caillol ne cessait de sourire :

– Continuez...

– Votre mère, patron...

– Elle n'a pas d'asthme...

La réponse avait fusé. Sylvio rougit et se rendit compte de sa gaffe.

– Oh! Excusez-moi! Je sais, patron, elle, c'est même une belle vieille dame, qu'a pas l'air d'être essoufflée.

Caillol hocha la tête, montrant qu'il appréciait le rattrapage. Sylvio continua.

– Votre mère, il faudrait qu'elle lui demande s'il ne va pas prendre des vacances... Comme ça, juste pour voir. Après le choc et le chagrin qu'il a subis, il a le droit de se reposer!

– Nous risquons d'avoir à attendre longtemps... Il n'est pas pressé, le docteur...

– J'en suis pas si sûr... Pour tout vous dire, je lui ai foutu la trouille, pas plus tard qu'hier. Je l'ai rencontré dans la rue et je lui ai glissé dans le tuyau de l'oreille de quoi le faire gamberger... A mon avis, il n'a plus qu'une idée en tête : se tirer. Et là, moi, je vais lui demander des comptes ! Faites-moi confiance !

Caillol était suffoqué par le ton agressif de l'inspecteur.

– Dites-moi, Sylvio, Je voudrais tout de même savoir quelque chose. D'où vous vient cette haine pour les médecins ?

L'inspecteur but une longue gorgée de bière et resta silencieux un moment encore. Puis il regarda son patron dans les yeux.

– Ma mère est morte à l'hosto quelques heures après ma naissance. Elle saignait. On n'a pas trouvé le médecin de garde. L'enquête a montré qu'il était dans la chambre de la sage-femme. Ils étaient en train de baiser !

Il se leva brusquement et partit.

Le commissaire venait de comprendre pourquoi ce flic éprouvait une telle rage contre les médecins.

Mme Caillol mère téléphona à son fils quelques jours plus tard. Sylvio ne s'était pas trompé. Le docteur Dupuech partait à la fin du mois pour aller se dorer au soleil.

– Il l'a bien mérité, avait ajouté la bonne vieille dame.

Le commissaire principal réunit tout son monde.

– Au soleil, en décembre, il va faire un beau voyage, fit remarquer Sylvio.

Il réfléchit un moment.

– Dites-moi, patron, à Marignane, il y a un commissaire de la police de l'air et des frontières, on pourrait peut-être l'affranchir ? Non ?

XIX

Dans le grand hall de l'aéroport international, il y avait foule. Le docteur Dupuech poussait son chariot, accompagné de la ravissante Josette Volnay, emmitouflée dans un manteau de fourrure et juchée sur des bottes en daim à hauts talons. Ils arrivèrent au comptoir d'Air France et enregistrèrent leurs bagages pour Pointe-à-Pitre. Le médecin consulta sa montre.

– Nous avons largement le temps d'aller acheter quelques magazines, lui dit-il en la prenant par le bras.

Ils entrèrent dans le Relais H et firent provision de lecture. A peine en sortirent-ils qu'ils tombèrent face à face avec un autre couple : l'inspecteur principal Sylvio Dotti, suivi d'une tout aussi ravissante jeune femme brune. Bien faite, de taille moyenne, les mains enfoncées dans les poches d'un séduisant imperméable ciré noir, elle portait un petit sac en bandoulière. Une frange épaisse lui cachait le front, mettant en valeur des yeux immenses et obliques, soulignés par de hautes pommettes saillantes.

– Docteur ! s'écria le policier, quelle bonne surprise ! Vous partez en vacances ?! Moi aussi ! Avouez que nous le méritons bien.

Le médecin ne savait quelle attitude prendre. Il esquissa une ébauche de sourire. La jovialité du policier le laissait perplexe.

– Vous avez enregistré vos bagages ? Nous aussi ! On a bien le temps de prendre un verre ? Je vous l'offre ! En souvenir de notre mémorable nuit d'ivresse. Allez, venez, faites-moi plaisir !

Il prit d'office le bras de l'infirmière interloquée et l'entraîna vers le bar sans donner au médecin le temps de répondre.

– Venez, Josette. Vous permettez que je vous appelle Josette...

Fascinée, flattée peut-être, elle suivit sans pouvoir résister tandis que Sylvio continuait :

– Le docteur, il vous a raconté nos aventures ? Il a été formidable ! Il ne s'est pas dégonflé une seule fois. Dans chaque bar, sérieux comme un pape, il commandait un café ! Avec la quantité de caféine qu'il a ingurgitée ce soir-là, il a dû avoir du mal à s'endormir ! Moi je prends un porto, et vous, Josette ?

Elle était prise au dépourvu.

– Moi aussi, pourquoi pas, répondit-elle, en minaudant, ne sachant sur quel pied danser.

S'adressant aux deux autres qui étaient restés en arrière, Sylvio demanda avec autorité :

– Porto, porto, ça vous va ? Quatre portos, lança-t-il au garçon.

Il semblait au mieux de sa forme. Comme un vacancier en partance. Il portait son éternel jean noir avec un polo de même couleur, mais il avait troqué sa grosse veste contre un invraisemblable veston à carreaux qui lui donnait l'air d'un arlequin. Délaissant l'infirmière un instant, il commença à raconter à sa brune compagne comment ils avaient coursé le truand qui s'était tué en percutant un camion-citerne.

Tout en parlant, il observait ostensiblement le docteur Dupuech. Ce dernier l'écoutait avec un sourire ambigu et, manifestement, réfléchissait à toute vitesse. Inquiet, il jetait de rapides coups d'œil alentour et revenait vers Sylvio, le regard empreint d'une anxieuse curiosité. L'inspecteur, très à l'aise, pérorait comme si de rien n'était.

– Une vraie fripouille, ce Marius ! Trafiquant de voitures volées, ancien proxénète reconverti dans l'importation de drogue et je ne sais quels trafics encore... Dommage qu'il n'y ait pas eu de procès, on en aurait appris de belles.

Il baissa la voix pour convenir que l'absence de procédure avait évité de salir la mémoire de cette pauvre Mme Dupuech.

– Allons, reprit-il en s'adressant, cette fois, directement au docteur, le décès de votre épouse a sûrement été une libération pour elle. Elle devait souffrir le martyre. Somme toute, sa mort, si triste soit-elle, aura rendu service à la société en la débarrassant de ce voyou. Il devait l'entraîner dans des combines dont elle n'avait pas la moindre notion. N'est-ce pas ?

Dupuech acquiesça sans desserrer les dents. Sylvio, toujours aussi disert, continua avec une candeur amicale presque émouvante :

– C'était un malfrat, pour sûr ! Mais moi, encore aujourd'hui, j'ai du mal à croire qu'il ait tué sa sœur.

Et, d'un air entendu, il ajouta :

– A mon avis, c'est son cancer qui l'a emportée, tout bonnement. Non ? On a peut-être eu tort de se monter le bourrichon.

Dupuech le regardait sans manifester la moindre réaction. Obstiné, Sylvio reprit son petit jeu.

– Allez, docteur, vous pouvez bien nous dire ce qu'il en est ! Maintenant, c'est de l'histoire ancienne !

Devant le silence obstiné du praticien, Sylvio se tourna vers l'infirmière.

– Vous, Josette, vous m'avez toujours dit que votre patiente était morte de son cancer. Spontanément, sans que personne ne l'aide...

La jeune femme eut un regard interrogateur vers le docteur qui restait de marbre. A tout hasard, elle répondit d'une petite voix niaise :

– C'est vrai ! J'en ai toujours été persuadée.

Le sourire du docteur se crispa. Sylvio renchérit :

– Comme c'est intelligent ! A partir d'une mort naturelle, on crée le soupçon et on jette la police vers un faux coupable. Faire accuser ce sale type, c'était une œuvre de salubrité publique. Bravo !

L'infirmière, flattée pour l'homme qu'elle aimait, posa sa main sur la sienne dans un geste de fierté. Le regard du médecin se durcit un peu plus, il ôta sa main. Josette Volnay lui jeta un regard de profonde incompréhension.

Elle ouvrit la bouche pour protester, puis se ravisa et se tut.

La surveillant du coin de l'œil, Sylvio se pencha en avant et, la mine réjouie, comme une commère avide de confidences, murmura, complice :

– Il est modeste, hein ? C'est comme la lettre anonyme. C'est lui qui l'a écrite, n'est-ce pas ? Allez, Josette, vous pouvez me l'avouer puisque l'affaire est classée !

Puis, d'une voix plus forte, prenant les deux femmes à témoin sans attendre la réponse, il continua :

– Moi, j'ai trouvé cette idée fantastique ! C'était le seul moyen de nous orienter vers le beau-frère. Avec des caractères découpés dans *Paris-Turf* ! Génial détail ! Je vous tire mon chapeau, docteur, sincèrement !

Se tournant à nouveau vers l'infirmière, il remarqua :

– Il est super intelligent ! C'est vrai !

Elle n'osait pas réagir. Alors il insista :

– N'est-ce pas que c'est vrai ?

Il la fixait avec tant d'intensité, quêtant une réponse, qu'elle ne put résister :

– C'est vrai, murmura-t-elle en dirigeant vers le médecin de grands yeux candides, éperdus de tendresse et d'admiration.

Sans un mot, l'intéressé détourna les yeux et avala son verre d'un trait.

Sylvio les examinait sans cesser de parler :

– Dire que j'ai foncé tête baissée dans le panneau. Comme un vrai bleu ! Vous nous avez drôlement eus ! Au début, je n'ai rien compris... Jusqu'au jour où j'ai su que Marius n'était pas allé voir sa sœur l'après-midi de sa mort. Là, ça m'a mis la puce à l'oreille. Il y avait un os. Je ne m'explique toujours pas le témoignage de la Portugaise. Elle n'est pas folle, cette femme. Elle parle mal le français, mais elle sait se faire comprendre !

Il s'adressa à l'infirmière.

– Vous qui savez tout, expliquez-moi ! Ne me laissez pas mourir idiot !

Paniquée, la jeune femme ne savait toujours pas quoi dire. Elle regardait les deux hommes à tour de rôle, comme si le médecin devait lui dicter sa réponse.

Sylvio, incorrigible obstiné, se frappa le front et, montrant le docteur du doigt comme s'il venait de faire une découverte, s'écria :

– Mais oui ! J'ai trouvé ! C'est lui qui s'est déguisé ! Avec une canadienne, une casquette et une petite queue de rat collée derrière... Il devait être parfaitement ressemblant... Comme vous avez dû vous amuser !

Il éclata d'un rire bon enfant, communicatif. L'infirmière, après une seconde d'incertitude, fit de même, alors que le docteur restait impassible, la mâchoire crispée. Elle tenta de l'embrasser :

– Tout ça, c'est fini, mon chéri, détends-toi, lui susurra-t-elle.

Il la fixa droit dans les yeux et murmura sur un ton glacial :

– Oui, c'est fini. Et il n'y a plus rien à en dire !

Il regarda sa montre.

– D'ailleurs l'heure approche...

Comme s'il n'avait rien vu de ce bref échange, Sylvio, l'œil aussi rieur, tapa sur l'avant-bras du médecin :

– Bravo, docteur, vous êtes le plus fort ! Sans vous, on n'aurait pu venir à bout de ce vaurien ! Mais vous pouvez vous vanter de nous avoir bien fait marcher...

Il s'adressa à sa brune compagne, qui écoutait attentivement, et, soudain sérieux, expliqua :

– La crise d'asthme chez la grand-mère de l'infirmière, pour le toubib, c'était l'alibi idéal. Il arrive en quatrième vitesse, se montre à la grosse qui fait office de gardienne, repart par la porte de derrière, joue le rôle du beau-frère dans le hall de son propre immeuble, revient à toute pompe, s'arrête prendre une bouteille et une tente à oxygène – nous avons vérifié – et sauve la grand-mère, heureusement pas trop en mauvais état ! Figurez-vous qu'elle n'a même pas eu besoin d'être mise sous perfusion.

Il se tourna vers l'infirmière, comme si elle lui avait posé une question.

– Comment je le sais ? Parce que, dans la chambre, il n'y avait pas de pied à sérum. Juste de l'oxygène. Vous Josette, vous avez vu ça souvent, des asphyxiques à qui on ne perfuse rien ? Enfin, passons. Superbe scénario ! Du pur Hitchcock !

Il se rapprocha du médecin et poursuivit à mi-voix pour ne pas être entendu des deux femmes :

– Dans ce scénario, il y a aussi la malade qui rend l'âme le bon jour, à l'heure exacte... Il lui a fallu beaucoup de bonne volonté ! A moins que vous n'ayez profité de ce bref passage pour lui administrer la dose de morphine qui lui manquait... Un service à lui rendre, en quelque sorte. La pauvre, elle souffrait tant !

Furieux, le médecin se redressa brutalement, imité par Sylvio.

– Attendez, docteur, il faut que je paie.

Il regarda autour de lui :

– Garçon !

Dans le brouhaha de la terrasse, personne ne lui répondit. D'un ton impératif à l'intention du médecin, il ordonna :

– Ne bougez pas, voulez-vous ! Je reviens tout de suite.

Puis, prenant un air farceur :

– Je ne peux tout de même pas partir sans régler la note. Vous vous rendez compte, un flic, ça la foutrait mal. Attendez-moi, hein... ?

Il s'empressa vers la caisse tandis que le médecin, exaspéré, se posait sur le bout de sa chaise, raide, prêt à bondir de nouveau.

Josette n'avait rien perçu des accusations proférées par le policier.

– Je ne comprends pas, protesta-t-elle à mi-voix, pourquoi es-tu aussi désagréable ? Il est charmant, pour un flic.

Dupuech grimaça un sourire en sifflant entre ses dents :

– Tais-toi, Josette, je t'en prie, tais-toi !...

Mais elle ne l'entendait pas de cette oreille.

– Tu es exaspérant à la fin ! Avec toi, on ne peut jamais rien dire.

Prenant à témoin la compagne de Sylvio qui

ne s'était pas départie une seconde de son demi-sourire poli, elle s'offusqua :

– C'est vrai, ils sont tous pareils, les mecs ! Avec eux on n'a jamais droit à la parole !

Elle se retourna de nouveau vers Dupuech, dont le visage était devenu d'une blancheur cireuse.

– Je sens que je vais encore me faire engueuler. Mais il n'empêche que je ne comprends pas ton attitude. Il est très gentil, ce type. Tout ce qu'il a dit, au fond, c'est la vérité. Tu as été génial. Pourquoi ne pas le reconnaître ? Le Marius, c'était une plaie. Il fallait bien s'en débarrasser.

Le docteur accusa le choc, mais ne se départit pas de son masque. Alors l'infirmière monta d'un ton :

– Tu veux que je te dise ? Ton silence me révolte. Il y a des moments où tu es vraiment insupportable. Mais dis quelque chose, bon Dieu !

A l'intention de la brune spectatrice de sa colère, elle ajouta, hors d'elle :

– C'est odieux ! On nous prend toujours pour des connes !

Sylvio revenait, enthousiaste :

– Allez, c'est payé, on s'en va !

Chaleureux, il tendit une main amicale au médecin qui s'était mis debout en le voyant réapparaître.

– Je vous remercie d'avoir clarifié la situation. Je suis content d'avoir le fin mot de cette histoire. C'est vrai, même si ce n'est que pour le jeu, un policier aime savoir. Ne vous en faites pas, on va vous laisser prendre votre avion. J'espère que vous allez passer de bonnes vacances, vous les avez bien méritées !

Il était touchant d'amabilité.

Les deux femmes se levèrent également. Mais Sylvio n'en avait pas fini. Il prit un ton grandiloquent :

– Maintenant, complètement libéré de tous soucis, notre bon docteur va dépenser ses sous aux Antilles. Escale à Pointe-à-Pitre et un rebond jusqu'à Saint-Martin. Une île à moitié néerlandaise avec un régime douanier spécial, hein ? C'est le rêve. La grande vie loin de toute juridiction française. Pas vu, pas pris ! Ensuite, on va s'installer à Saint-Barth. Il paraît que c'est un paradis...

Philibert Dupuech restait toujours aussi muet mais son visage crispé avait perdu toute couleur. A la main, il avait un sac de voyage en cuir noir que Sylvio sembla découvrir. Admiratif, il se mit à le palper avec une curiosité amusée.

– Jolie sacoche en vérité ! Et très précieuse, sûrement ! Vous emportez toujours de quoi soigner vos semblables, je suppose...

Le docteur s'écarta brusquement.

– Merci, inspecteur, pour ce joli numéro. Vous devriez faire du théâtre. Excusez-nous, maintenant, il va falloir que nous y allions.

Sa voix avait une étrange intonation métallique, tandis que Sylvio, lui, paraissait aussi enjoué.

– Allons docteur, ne vous sauvez pas. Ne nous faites pas rater le dernier acte. Avouez-le ! Le magot de votre femme, il est bien là ? Là !

Du doigt, il désignait le bagage que le médecin venait d'accrocher à son épaule.

– Ça suffit, inspecteur ! gronda Dupuech. Qu'est-ce que vous croyez ? Vous délirez !

– Chiche, on vérifie ? Auriez-vous le courage de me montrer ce qu'il y a dans ce sac ?

Les deux hommes s'affrontaient dans un face à face burlesque et tragique : le petit inspecteur, maigre et agité dans sa veste multicolore, devant le notable sévère et bardé de savoir-vivre, enveloppé dans un grand manteau de poil de chameau. Un saisissant contraste, dont ces deux femmes étaient les spectatrices privilégiées. Mais l'infirmière, elle aussi, avait perdu le sourire. Anxieuse, elle regardait alternativement les deux hommes comme si elle avait peur qu'ils en viennent aux mains. Elle avait enfin compris que la situation était grave.

Le docteur se reprit, méprisant :

– Vous allez être ridicule, Dotti. Une fois de plus ! Mais puisque vous le souhaitez...

D'un mouvement spectaculaire, il balaya de la table les verres vides qui se pulvérisèrent au sol, à la grande surprise des autres consommateurs qui se levèrent bruyamment et s'écartèrent. Puis, sans quitter des yeux l'inspecteur, il retourna son bagage sur la table. Un portefeuille, deux passeports, des clés, deux livres, des petits objets divers s'étalèrent sur le marbre. Il secouait le sac d'une façon comique pour bien montrer qu'il était vide et il le lança dans les bras de l'inspecteur.

– Vous avez sûrement un canif dans votre poche. Pour le lacérer et vérifier qu'il n'y a pas de double fond !

Sans vergogne, Sylvio enfonça la main à l'intérieur, puis en fouilla fébrilement les poches. Une vague déception lui assombrit le visage.

– Bravo, docteur, je n'ai rien à dire. Vous avez gagné !

Le médecin ramassa ses objets et les rangea en vrac en toisant Sylvio avec un mélange d'orgueil et de mépris. Dans l'œil de son adversaire, l'inspecteur retrouva cet éclair qu'il commençait à bien connaître. Le vaincu d'un moment avait retrouvé toute sa superbe alors que le policier, désemparé, regardait sa compagne comme pour s'excuser et chercher de l'aide.

Cette fois il ne semblait plus jouer la comédie.

Soudain il vit un policier en uniforme se diriger vers eux à grands pas. Alors il se redressa, se retourna vers le médecin et, comme soulagé, s'écria sur un ton où le triomphe ne cherchait plus à se dissimuler :

– Vous n'avez gagné, docteur... que la première manche. Voulez-vous m'accorder une revanche ?

Le policier s'arrêta près d'eux. Il salua réglementairement la compagne de Sylvio et déclara, respectueux :

– Tout est prêt, commissaire, vous pouvez venir.

Se penchant, il ajouta sans baisser la voix :

– Il y a tout ce que vous vouliez, commissaire.

La jeune femme lui rendit son sourire, puis s'adressa au médecin d'un ton de commandement qui le saisit d'étonnement.

– Je suis le commissaire responsable de la police de l'air et des frontières sur cet aéroport. Voulez-vous avoir l'obligeance de me suivre, docteur, nous allons vérifier vos bagages enregistrés, avec les douaniers qui nous attendent...

Pour Sylvio, elle désigna l'infirmière de la tête, et le félicita :

– Bien joué, Dotti ! En votre absence, elle a avoué !

Dans le même temps, elle ouvrait son sac et lui tendait un petit magnétophone.

– Tout est là !

Les traits du docteur Dupuech semblèrent s'effondrer. Il considérait la jeune femme comme s'il ne pouvait y croire. Elle, un commissaire ? Ce n'était pas possible ! Il rêvait. Le cauchemar allait cesser. Il se réveillerait. Soudain ses yeux devenus hagards furent attirés par un nouvel arrivant. Le commissaire principal Caillol, les mains dans les poches d'un strict manteau gris, se tenait à quelques mètres d'eux, immobile. Il haussa les épaules comme pour dire : « Que voulez-vous que j'y fasse ? »

Le médecin baissa les yeux. Il lui fallait bien se résoudre à accepter l'incroyable. Il fit un lent demi-tour et se trouva face à la jeune infirmière dont le visage s'était couvert de larmes. Il resta muet, mais sa bouche se tordit en un rictus de mépris. Il la toisa des pieds à la tête, puis se détourna. Reprenant du poil de la bête, il se dirigea, derrière « la » commissaire, vers le local des douanes où, au côté d'Antoine, un officier à grosses moustaches se tenait devant deux grandes valises ouvertes. Dans le double fond, un nombre considérable de billets de banque à l'effigie d'un certain Pascal étaient parfaitement rangés en liasses épaisses.

L'inspecteur principal Sylvio Dotti regardait la scène, de loin, soupesant son magnétophone, comme s'il voulait apprécier le poids des aveux qui s'y trouvaient. Il avait l'air épuisé et n'entendit pas le commissaire Caillol qui s'approchait.

– Vous savez que cet enregistrement n'a aucune valeur légale, Sylvio.

Il se tourna vers son supérieur :

– Bien sûr, patron. C'est un simple pense-bête ! Mais, pour les coupables, c'est assez déstabilisant, non ?

Le commissaire hocha la tête.

– En revanche, le témoignage d'un commissaire de la police de l'air et des frontières, ça ce n'est pas rien ! Je vous félicite. Excellente idée.

Sylvio vint plus près de lui en s'épongeant le front et murmura :

– On peut dire que j'ai eu chaud ! J'ai cru un moment que je m'étais encore fait posséder par ce type. Vous voyez, patron, que j'ai de bonnes raisons pour haïr les médecins... Surtout celui-là !

Le commissaire principal haussa les épaules. Puis il mit son bras affectueusement sur les épaules de son inspecteur :

– Ne soyez pas haineux, Sylvio, il y a des médecins que vous n'auriez aucune envie de détester. Je vous le certifie...

Remerciements

Toute ma gratitude va au commissaire principal Henri Gentet, chef du secteur centre de Marseille, sans lequel ce livre n'aurait pas existé ; au commissaire principal de la Police nationale à l'aéroport de Marignane, Lina Gentet, modèle de charme et de professionnalisme ; à l'inspecteur principal Sylvain Sadkowski, en fonction à la Brigade anticriminalité, centre de Marseille, qui m'a fait vivre une des plus passionnantes expériences de ma carrière ; et à tous les policiers de Marseille pour leur hospitalité et leur aide.

PRIX DU QUAI DES ORFÈVRES

LE PRIX DU QUAI DES ORFÈVRES, fondé en 1946 par Jacques Catineau, est destiné à couronner chaque année le meilleur manuscrit d'un roman policier inédit, œuvre présentée par un écrivain de langue française.

- Le montant du Prix est de 5 000 F, remis à l'auteur le jour de la proclamation du résultat par M. le Préfet de police. Le manuscrit retenu est publié, dans l'année, par la Librairie Arthème Fayard, le contrat d'auteur garantissant un tirage minimal de 50 000 exemplaires.

- Le jury du Prix du Quai des Orfèvres, placé sous la présidence effective de M. le Directeur de la Police judiciaire, est composé de personnalités remplissant des fonctions ou ayant eu une activité leur permettant de porter un jugement sur les œuvres soumises à leur appréciation.

- Toute personne désirant participer au Prix du Quai des Orfèvres peut en demander le règlement à M. Eric de Saint Périer, secrétaire général du Prix du Quai des Orfèvres, S.E.R.T., 38, avenue de l'Opéra, 75002 PARIS (47 42 73 29). La date limite de réception des manuscrits est fixée au 15 avril de chaque année.

IMPRIMÉ EN FRANCE PAR BRODARD ET TAUPIN
Usine de La Flèche, le 10-11-1995
N° d'édition : 1228 — N° d'impression : 6621M-5
35-17-9547-01/7
ISBN : 2-213-59547-X